16	3	2	13
5	10	11	8
9	6	7	12
4	15	14	1

Sonia Robatto

PÉ DE GUERRA

MEMÓRIAS DE UMA MENINA NA GUERRA DA BAHIA

Ilustrações de Michele Iacocca

editora 34

EDITORA 34

Editora 34 Ltda.
Rua Hungria, 592 Jardim Europa CEP 01455-000
São Paulo - SP Brasil Tel/Fax (11) 3811-6777 www.editora34.com.br

Copyright © Editora 34 Ltda., 1996
Pé de guerra (texto) © Editora Estúdio Sonia Robatto Ltda.,
representada por AMS Agenciamento Artístico, Cultural e Literário Ltda.
Ilustrações © Michele Iacocca, 1996

A FOTOCÓPIA DE QUALQUER FOLHA DESTE LIVRO É ILEGAL E CONFIGURA UMA
APROPRIAÇÃO INDEVIDA DOS DIREITOS INTELECTUAIS E PATRIMONIAIS DO AUTOR.

Edição conforme o Acordo Ortográfico da Língua Portuguesa.

Capa, projeto gráfico e editoração eletrônica:
Bracher & Malta Produção Gráfica

Ilustrações:
Michele Iacocca

Revisão:
Wendell Setúbal

1ª Edição - 1996 (5 Reimpressões), 2ª Edição - 2009 (1ª Reimpressão - 2015)

Dados Internacionais de Catalogação na Publicação (CIP)
(Câmara Brasileira do Livro, SP, Brasil)

R769p
Robatto, Sonia
    Pé de guerra: memórias de uma menina
na guerra da Bahia / Sonia Robatto; ilustrações
de Michele Iacocca — São Paulo: Editora 34, 2009
(2ª Edição).
160 p. (Coleção Infanto-Juvenil)

ISBN 978-85-7326-020-5

    1. Literatura infanto-juvenil - Brasil.
I. Iacocca, Michele. II. Título. III. Série.

CDD - 869.8B

PÉ DE GUERRA

MEMÓRIAS DE UMA MENINA NA GUERRA DA BAHIA

Para Silvio e Lia,
companheiros deste meu
caminho de volta à Bahia.

ÍNDICE

A guerra lá em casa 11

Cadê a guerra? 18

Lembrança 22

Escola de guerra 24

Os aliados 29

A guerra na escola 35

Raiva 41

O exército dos santos 47

Guerra e paz 52

Ferido de guerra 57

Danúbio Azul 64

Tempo de guerra 76

Radioamador 81

Serviço de informação 85

Espiando os espiões 89

Segredo 94

Sono de família 95

Mar sem dono 99

Trégua 102

Promessa 118

Parabéns para você 123

Os tempos de antigamente 129

Notícias de guerra 132

Órfã de guerra 135

Senhora dona Sancha 140

Quem me dera... 145

Os donos do mundo 146

Mãos dadas 149

E a guerra acabou 152

A GUERRA LÁ EM CASA

1

A primeira vez que eu ouvi falar da tal da guerra ela andava lá longe, no estrangeiro. Os chefes dela eram dois homens horrorosos, o tal de Hitler e aquele outro, o Mussolini! Depois, de uma hora para outra, a desgraçada da guerra mandou os submarinos dela bombardearem os navios de passageiros da gente. Imagine que desaforo! Os danados dos soldados deram para bombardear e afundar os navios bem no nariz da gente, aqui, pertinho da Bahia. É claro que Getúlio Vargas, o nosso presidente, não gostou nada disso (todo mundo ficou danado da vida, mesmo!). Mas o presidente disse para o povo ficar calmo que ele ia dar um jeito nisso. Acho que o jeito que ele deu foi entrar na guerra!

2

Eu estava tomando sorvete de manga, na varanda lá de casa, quando papai chegou de carro da cidade e falou, muito nervoso:

— Aconteceu o pior! O Brasil entrou na guerra, meninos! Temos que nos preparar!

Que ano era aquele? 1942. Que dia era aquele? Dia 22 de agosto.

3

Depois, tivemos que pintar de preto todos os vidros da casa. E de noite, antes de acender as luzes, fechávamos os vidros. Era uma coisa muito esquisita. O nome desta coisa era *black-out*. A cidade tinha que ficar no escuro, para que os inimigos não fizessem um ataque noturno, com os seus aviões e os seus submarinos. Mas quem eram esses inimigos? Eu não sabia!

4

Eu só tinha 7 anos, e ninguém explica nada direito para gente pequena. Os adultos só respondem o que querem. Não respondem as respostas das perguntas da gente. Mas, como eu queria muito saber tudo sobre a guerra, fui perguntar ao meu pai.

5

Papai estava na garagem, lustrando o seu automóvel... Já cheguei perguntando:

— Guerra é o mesmo que briga, papai?

Papai parou de lustrar o Oldsmobile:

— Bem, não é a mesma coisa. Briga é uma coisa de gente, de pessoas. E guerra é uma coisa de países.

Eu não entendi nada:

— Mas na guerra as pessoas não brigam?

Papai olhou para mim suspirando:

— Não, menina, na guerra as pessoas lutam pelo seu país, defendem a sua pátria!

Mas eu não estava satisfeita com a resposta:

— Mas um mata o outro, dá pancada e tudo, não dá? Eu vi outro dia no cinema uma guerra, tipo briga. Tinha de tudo: bomba, metralhadora, murro, pontapé — tudo!

Papai começou a ficar impaciente (não sei por que ele ficava sempre impaciente quando eu fazia perguntas), mas, desta vez, ele fez um verdadeiro discurso:

— Ora, ora, menina! Guerra é uma coisa séria, não é uma brincadeira de crianças, uma briguinha à toa. Os soldados estão lutando, menina, lutando... Estão arriscando a vida para defender a nossa pátria! São heróis, heróis nacionais, merecem respeito. Eles combatem os nossos inimigos, inimigos da nossa pátria!

Eu continuava querendo saber mais coisas!

— E como é que eles sabem quem é o inimigo? Inimigo já nasce inimigo? Um bebezinho pequenininho pode ser um inimigo? Como é que vou saber quem é o inimigo da gente? Todo inimigo usa farda de inimigo? Será que a gente saindo na rua, olhando na cara dos outros, descobre quem é o inimigo?

Meu pai parou de trabalhar e ficou olhando para mim, nervoso, esfregando as mãos:

— Chega, menina, chega de tantas perguntas! Não vê que eu estou ocupado? Os inimigos são os inimigos, os aliados são aliados, e é melhor você ir brincar, em vez de ficar por aí se preocupando com coisas que não são para a sua idade!

E assim, eu saí lá da garagem, sem saber de nada direito — como sempre.

Se a guerra era uma coisa perigosa, se papai vivia tomando conta da guerra, se todo mundo só falava na tal da Guerra Mundial, como é que eu podia continuar vivendo sem saber nada sobre ela?

6

Às vezes, é muito triste ser menina, triste mesmo. De noite, na cama, no tal *black-out*, eu morria de medo dos aviões e dos submarinos inimigos, que podiam jogar bombas na cabeça da gente!

Eles gostavam de jogar bombas, mesmo! Já tinham jogado bomba num navio de passageiros ali pertinho da Bahia! Mas que ousadia destes tais inimigos! Como é que eles saíam lá da terra deles para vir bombardear a gente, do outro lado do mundo? Não dava para entender a tal guerra, nem os tais inimigos.

7

A tristeza ia apertando a minha garganta enquanto eu pensava que estes tais inimigos não tinham o direito de destruir a minha Bahia...

Eu gostava tanto da Bahia! Gostava do mar bem

azul rodeando tudo, aparecendo e desaparecendo no horizonte, quando a gente caminhava pelas ruas. Nenhum submarino tinha o direito de se esconder no meu mar. Nenhum submarino inimigo podia ficar jogando bombas no farol da Barra, no forte de São Marcelo, no forte da Barra. Nenhum avião inimigo tinha o direito de jogar uma bomba em cima da igreja de São Francisco. Ah... desgraçados dos inimigos! Eles não podiam destruir as mangueiras do corredor da Vitória e as acácias amarelas que enfeitavam a minha cidade!

Não podiam explodir o dique, a lagoa do Abaeté... Eles não tinham o direito de ferir, de matar a minha Bahia. Eu... eu tinha vontade de chorar, porque era pequena e não podia fazer nada para defender a minha cidade. Eu não entendia o que que os inimigos ganhavam destruindo as coisas da gente. Que coisa mais esquisita, de uma hora para outra a gente ficar cercada de inimigos! Eu nunca na minha vida tinha tido um inimigo. É claro que eu brigava com minhas amigas, com meus irmãos, trocava de mal, mas passava logo e a gente fazia as pazes. Inimigo de guerra era diferente e não dava para entender. Só gente grande entende destas coisas. E eu era tão pequena — deitada na minha cama, no escuro!

CADÊ A GUERRA?

1

Dizem que o Brasil entrou mesmo na tal da Guerra Mundial, mas a vida na Bahia não parou. Eu pensei que, no dia seguinte, a guerra estaria por toda parte. Com as suas bombas, seus soldados, seus paraquedistas e tudo mais! Nada disso! O tempo passava e dona Nair continuava vestida de baiana, vendendo acarajé. O armazém do senhor Gradin continuava cheio de coisas gostosas. As babás continuavam empurrando os carrinhos dos bebês. O porto da Barra estava cheio de gente tomando banho de mar. Os saveiros continuavam arriando as suas velas e desembarcando as mercadorias na praia do porto da Barra. Eles traziam mil coisas do recôncavo para a feira, todas as semanas. Traziam montes de abacaxis, cachos e cachos de bananas, muita pinha, muita manga, muito sapoti. Muitos bichos vivos também: galinhas, perus, porcos, caranguejos e até saguis. Traziam potes de barro, gamelas. A feira lá na pracinha continuava igualzinha.

2

Que coisa mais esquisita! A guerra no cinema era diferente. As pessoas ficavam com muita fome, todas muito sujas, cabeludas, barbudas. As bombas explodiam as casas. E os heróis matavam os inimigos no meio de uma barulheira danada.

Onde é que estaria a guerra? Onde estariam os nossos inimigos? Eu tinha que descobrir. E fui perguntar a vovó Candinha, porque papai não tinha tempo para explicar nada.

3

O tempo de papai era do patrão dele. Ele não podia perder tempo. O tempo de mamãe passava depressa e ela estava sempre atrasada para fazer as coisas. O tempo de minha avó era dela mesma. Ela podia gastar o tempo como quisesse. O tempo dela passava devagar, na sua cadeira de balanço de jacarandá.

4

Eu continuava querendo saber tudo sobre os inimigos. E ela me disse o nome deles:

— Os alemães, os italianos e os japoneses.

Eu fiquei preocupada.

— Todos, vovó? Todos são inimigos da gente?

Vovó balançou na cadeira:

— Todos. Acho que todos, minha filha!

— Será, vovó, que não existe nem um alemãozinho ou um italianinho que seja nosso amigo?

Vovó balançou novamente na cadeira:

— Bem, minha filha, todo mundo entra na guerra. É uma verdadeira tragédia. Uma hecatombe! Um horror!

Eu fiquei muito triste:

— Então, eu não posso mais ser amiga dos inimigos que moram aqui na rua? Vou ter que trocar de mal com eles?

— Como assim, menina, que inimigos são esses?

E eu expliquei para vovó, direitinho. Que o Hans, por exemplo, era filho de alemães. E se os pais dele eram inimigos, ele também era inimigo. E que Carolina era filha de italianos e que...

Vovó Candinha deu um suspiro de tristeza:

— Como você gosta de inventar histórias, Camilinha! Estes vizinhos são nossos amigos, com guerra ou sem guerra! Sossegue essa cabecinha, menina!

5

Mas a coitada da minha cabeça não sossegava. Ai, que perigo! Estávamos cercados de inimigos na nossa rua! E a gente nunca sabe o que um inimigo de guerra pode fazer! Eles fazem horrores! Eu sei disso!

LEMBRANÇA

Naquele dia, nuvens e nuvens de borboletas amarelas cobriam as ruas da Bahia. Elas chegavam todos os anos em setembro, anunciando a primavera. E foi no meio das borboletas amarelas que vi, pela primeira vez, o Hans. Ele estava voltando do colégio ao meio-dia, com uma mala nas costas, calça curta, meia três-quartos, branquinho, branquinho. Um bando de borboletas amarelas ficou voando em torno dele. Ele corria para lá e para cá tentando pegar as bichinhas. O cabelo dele cobria os olhos quando ele corria. Fiquei olhando, lá de cima da minha varanda, pensando quem seria aquele menino novo da rua.

Sonia Robatto

As borboletas foram embora e ele começou a chutar uma caixinha de papelão, dando risada não sei do quê. A risada dele era bem engraçadinha.

No outro dia, eu soube por Didi, minha babá, que ele se chamava Hans, filho de dona Dora e seu Rodolfo, neto de seu Henrique, e que eles eram alemães.

Pronto! Agora eu já sabia de tudo ou de quase tudo sobre o Hans.

ESCOLA DE GUERRA

1

Dizem que é assim que se faz um inimigo: as pessoas são treinadas. Colocam o alvo ali na frente e todo mundo fica atirando para matar o inimigo. Acho que assim a raiva da pessoa vai crescendo e ela passa a odiar o inimigo. Depois, eles ensinam também a jogar bombas no inimigo. A passar com tanques em cima da casa deles. A explodir a casa deles. E a raiva deve ir crescendo cada vez mais...

Na Bahia tinha um problema: a gente não tinha aula de virar amigo em inimigo. Então, era difícil achar a raiva, o ódio, a vontade de matar o inimigo.

Mas eu acho que gente grande sabe fazer isso direitinho. Papai, quando falava de Hitler e de Mussolini, ficava vermelho de raiva, dava murro na mesa e tudo. Eu fazia o que podia para ter raiva deles, mas eu tinha era medo. Medo que eles chegassem ali, no porto da Barra, descessem dos seus submarinos e bombardeassem tudo e matassem todo mundo.

2

Meu irmão e minha irmã já eram maiores, já tinham mais raiva, mais ódio.

Um dia, os meninos maiores esperaram o Hans voltar da escola, derrubaram a pasta dele no chão e berraram que berraram:

— Alemão batata come queijo com barata!

Eu estava na minha varanda, lá em cima. Senti aquele frio na barriga. Desci correndo e encontrei meu irmão rindo, entrando em casa. Dei um chute na canela dele. Ele era muito alto e forte, e eu era muito baixa e magra, mas mesmo assim continuei chutando, esmurrando. Ele começou a gritar por mamãe dizendo que eu estava maluca, que tinha endoidado de vez.

Eu chamei ele de tudo: de covarde, desertor,

bandido — batendo em menino pequeno. Minha mãe desapartou a briga. Quando subi para a varanda, vi que o Hans tinha sumido da rua. A varanda da frente da casa dele estava cheia de barro que a molecada tinha jogado. Vi dona Dora abrir a janela e espiar a rua. Depois, ficou tudo em silêncio.

3

Ele não podia ir a lugar nenhum. Os pais dele não frequentavam mais nenhum clube, nenhuma festa, nem nada. Ninguém chamava o Hans para jogar uma pelada, brincar de esconde-esconde, baleado, jogar gude! O coitado do meu inimigo vivia lá trancado, olhando tudo pela vidraça. Eu sei que a gente não deve ter pena de inimigo, porque inimigo não tem pena da gente. Mas a gente também não pode de uma hora para outra ter um amigo que vira inimigo sem ter uma conversinha com ele para saber das coisas. Sei lá... eu morria de vontade de conversar com ele. Também, ele era o único inimigo que eu conhecia, assim de perto. A minha inimiga italiana, a Carolina, já era mocinha e não dava para ser amiga ou inimiga dela, porque mocinha não gosta de criança.

4

Mas pouco a pouco fui aprendendo tudo direitinho sobre a tal guerra. É assim... Na guerra, o mundo fica mesmo dividido em duas partes. No lado de lá, os inimigos. No lado de cá, os aliados.

No lado de lá, os inimigos fazem horrores — matam quem não se deve matar, espetam, arrebentam, explodem tudo!

No lado de cá, os aliados só fazem coisas boas — protegem os órfãos e as criancinhas, cuidam das mulheres e dos velhinhos, dão ouro para os pracinhas.

Os homens, no lado de cá, viram soldados para defender a pátria. Viram heróis e tudo mais!

No lado de lá, os inimigos constroem os tais campos de concentração para prender inocentes, maltratar, matar bem devagarinho, fazer horrores.

5

No lado de cá, os pracinhas brasileiros partiam em batalhões nos navios e nos aviões.

Tinha a FAB, que era a Força Aérea Brasileira, e tinha a FEB, que era a Força Expedicionária Brasileira. Partiam também as mulheres, todas muito corajosas, para serem enfermeiras.

Todos deixavam seus pais, seus irmãos, suas mães, seus filhinhos, para lutarem pelo Brasil (coitadinhos deles!).

No lado de lá estavam os gringos nazistas, os fascistas, os japoneses — todos terríveis. Estavam os espiões que vivem espiando tudo para contar depois para os inimigos.

Ah! O mundo tinha sido cortado com uma faca, que nem um bolo de aniversário. A gente tinha que tomar cuidado para não comer o pedaço errado — o pedaço do inimigo. Ah, mas eu estava do lado de cá e o Hans do lado de lá — que coisa mais esquisita!

Sonia Robatto

OS ALIADOS

1

Guerra pode virar festa de uma hora para outra. Pode sim. Quando os navios dos aliados da gente chegavam na Bahia a cidade virava uma festa. Um dia chegou um comboio, uma porção de navios de uma vez. Eles foram entrando no porto da Barra, com todos os marinheiros de pé no convés, parecendo soldadinhos de chumbo. Era tão bonito, mas tão bonito que todo mundo batia palmas. Não ficou uma alminha em casa, todo mundo saiu para ver a chegada dos gringos aliados.

Eles vinham para uma tal de base naval que tinha na Bahia, a base Baker. Eu não sei direito o que eles vinham fazer aqui. Quem sabe, espantar os tais submarinos que viviam afundando os navios da gente! Quem sabe, proteger a gente do tal do Hitler e do Mussolini e dos amigos deles, os espiões! Eu não sei.

Mas, eu acho que eles vinham passear, descansar, dançar com as minhas tias... Porque quem gostava mesmo daqueles aliados eram minhas tias. Elas eram solteiras e viviam saindo de braço dado com os tais marinheiros aliados. Todas muito pintadas, rindo, rindo, rindo! Acho que aquela guerra era muito engraçada.

As minhas tias gostavam tanto dos aliados que viviam abraçando e beijando eles. Eu via tudo lá de cima da minha varanda. Era um tal de beijar que nem em filme. Depois, os tais aliados partiam e as minhas tias choravam de saudade deles. Uma delas teve um filhinho aliado — bonitinho e tudo, igualzinho ao marinheiro que ela vivia beijando no portão lá de casa. Não sei por que a minha família não gostava que a gente falasse neste assunto.

2

Uma vez teve um desfile lindo dos aliados, na avenida Sete de Setembro, com banda de música e tudo. Tinha gringo de tudo que era jeito. Uns vestiam saias quadriculadas (onde já se viu soldado de saia?), minha mãe disse que eles eram escoceses. Tocavam um instrumento muito engraçado, chamado gaita de foles. Neste dia, desfilaram também os indianos, que tinham naufragado ali pertinho. Eles vestiam umas fardas diferentes e um deles usava um turbante, tipo Aladim, na cabeça. Estes gringos indianos chegaram aqui na Bahia mais mortos do que vivos. Mas as enfermeiras baianas, as tais voluntárias, cuidaram tanto deles, sem dormir de noite e de dia, que os danados sararam. Eles pareciam pretos, mas eram cor de café com leite.

O sol estava muito forte, iluminando os gringos todos, que suavam muito. As acácias estavam todas floridas e as mangueiras do corredor da Vitória estavam carregadas de mangas. E dizer que aqueles gringos iam embora no outro dia, nos seus navios, para lutar lá longe — coitadinhos dos bichinhos! —, iam virar bucha de canhão, como dizia Didi, minha babá.

3

Enquanto o desfile passava eu pensava na esquisitice desses gringos. Eram tão sabidos para lutar, mas não conheciam manga, jaca, abacaxi, mangaba, goiaba, cajá, pinha, cana. Onde já se viu maior bobagem? Eu vi, um dia, um gringo comer um abacaxi inteiro com casca, mordendo — imagine o estrago! Tão sabidos para umas coisas, tão bobos para outras. Outra coisa que eu vi no Mercado Modelo foi um gringo americano com medo de caranguejo. Como é que um gringo desse podia com Hitler, me diga? Ah, tem uma coisa também que Didi me disse: eles não podem comer pimenta porque ficam com dor de barriga. Não podem beber da nossa água sem ferver porque ficam doentes. Não podem tomar muito sol porque ficam vermelhos que nem manga-rosa, incham e tudo. Não sei não, desse jeito eu acho que eles não vão ganhar guerra nenhuma. Imagine se Lampião ou qualquer um dos cangaceiros do bando dele ia ficar se borrando todo por qualquer pimentinha!

4

O desfile acabou e nós voltamos para casa de bonde. O bonde estava cheio de gringos também, falando as línguas arrevesadas deles. Meu pai gostava muito de falar com eles em inglês. Já a minha avó falava em francês. Mamãe sorria. Eu continuava pensando nas coisas da vida...

Medo é uma coisa esquisita mesmo. Imagine que a minha mãe tem medo de barata. Já a minha avó tem medo de rato. Didi tem medo de polícia, atravessa a rua quando vê um policial. Meu irmão, que já faz parte das Brigadas Infantis, que lutam pelo bem do Brasil, tem medo de aranha! Meu pai tem medo de espião, tem sim. Vive dizendo que os espiões vão contar tudo ao Hitler. Que os espiões estão por toda parte, ouvindo o que a gente fala nas ruas, no rádio, sei lá. Mas eu, coitada de mim, só porque tenho medo de escuro todo mundo me chama de menina boba e tudo!

5

Tinha um gringão sentado no banco da frente, grandão, ocupando o lugar de três pessoas. Cada braço daquele tamanho! Cada risada de acordar criancinha! E pensar que este gringo devia ter medo de caranguejo. Como é que eles vão enfrentar os submarinos, os aviões, os tanques e tudo mais?

Eu, se fosse soldado inimigo, comprava uma corda de caranguejos e soltava lá no tal *front* de batalha, e pronto, vencia a guerra!

Eu estava pensando nisso quando o gringo apertou a minha bochecha, sorrindo. É claro que eu mostrei a língua para ele, que eu não gosto de gente medrosa.

A GUERRA NA ESCOLA

1

A guerra ficou muito feia para mim, na escola. Tudo começou por causa da *Canção do Expedicionário*. Dona Yara, nossa professora de canto, nos ensinou a cantar esta música em homenagem aos pracinhas brasileiros, que estavam lutando pelo nosso país, lá na Itália. A música era mais ou menos assim:

> *Por mais terra que eu percorra*
> *Não permita Deus que eu morra*
> *Sem que eu volte pra lá*
> *E que eu leve por divisa*
> *Este V que simboliza*
> *A vitória que virá...*
> *Nossa vitória afinal...*

2

Eu fiquei pensando muito nos pracinhas e em Deus. De que lado Deus estaria na guerra? Do lado dos inimigos ou do lado dos aliados? Na aula de religião, eu perguntei a Madre Maria Pia o que ela achava do assunto. Pra quê?

Pra que eu abri a minha boca? Madre Maria Pia tirou até os óculos para falar comigo:

— Deixe de histórias, menina! Deus não toma partido. Deus é Deus, está muito acima destas coisas!

Mas eu não me conformei com a resposta. A gente vivia rezando para os aliados ganharem a guerra e tudo, ela devia estar enganada e eu continuei perguntando:

— Mas se um inimigo, Madre, pedir proteção a Deus na hora da batalha, e o nosso aliado pedir também, o que é que Deus faz? Quem é que morre e quem é que fica vivo?

A classe, não sei por que, começou a rir, baixinho. Madre Maria Pia tirou e pôs os óculos várias vezes. Disse que eu parasse de fazer anarquia, senão eu ia ficar de castigo, sem recreio e que isto e que aquilo e que eu deixasse Deus em paz! Mas, aí, eu fui me lembrando de uma porção de coisas e fui falando sem parar. Lembrei que Deus tomava partido, sim! Que quando teve a tal guerra, dos anjos bons e dos anjos maus, lá no céu, Deus ficou do lado dos anjos bons. Que ele brigou com Lúcifer e que nunca mais quis conversa com os demônios. Que eu achava que nesta guerra ele também ia se meter, já que os inimigos eram piores do que os demônios, ferindo e matando as pessoas, jogando bombas, metralhando e tudo mais! E que Deus não podia deixar os aliados na mão, assim...

Não sei por que Madre Maria Pia mandou que eu saísse da classe e fosse esperar por ela, de castigo, na secretaria. Ela estava muito e muito zangada, sem óculos, em pé, me mostrando a porta da saída.

3

Quando acabou a aula de religião, ela apareceu na secretaria. Me fez um sermão daquele tamanho! Que eu não falasse o nome de Deus em vão, que eu parasse de inventar histórias.

Eu ainda quis explicar as coisas que estavam na minha cabeça para ela. Disse que estava muito preocupada porque, além de Deus, tinha os santos. E os santos moravam todos nas terras dos inimigos. Que São Francisco de Assis, por exemplo, era italiano e que era muito milagreiro e se desse para fazer milagre para o lado dos italianos, a gente perdia a guerra, na certa!

Quando eu parei de falar, ela começou. E eu não ouvi mais nada direito. Falou do desrespeito! Que aquilo era pecado! E continuou falando!

Eu fiquei olhando para ela, calada. Ela era muito grande, muito magra, muito alta. E eu era muito pequena, muito fraca, muito sem nada. Muito sem explicação. Ela foi crescendo, foi ficando cada vez maior e eu cada vez menor. O seu hábito preto ocupava a sala toda. E aquele chapelão branco na cabeça parecia um par de asas. Ou, quem sabe, chifre do diabo? Ela não me entendia. Eu não conseguia que ela me entendesse!

4

Na minha cabeça era impossível que Deus não fosse nosso aliado, que não tomasse conta dos nossos soldados (coitadinhos deles!). E se Deus não tomava conta deles, quem iria tomar? Eles iam todos acabar prisioneiros dos inimigos, presos naqueles tais campos de concentração. E tudo ia acabar tão mal que eu comecei a chorar! Quanto mais ela falava de cima dela mesma, do Deus que ela conhecia, mais eu chorava, perdida, desamparada. Ainda bem que tocou o sino do fim do recreio e Madre Maria Pia foi embora e me deixou de castigo ali, sozinha.

5

E, sozinha, eu reconstruí a minha verdade de um Deus justo e bom, que protegia as pessoas que faziam bem aos aliados. Que matava e destruía e passava a fio de espada os inimigos. Eu tinha certeza absoluta que toda a corte celestial — os anjos, os serafins, os santos da terra da gente — ia ficar do nosso lado. Que Nossa Senhora e seu exército de anjos da guarda iam proteger os pracinhas. Que eles iam voltar para casa com o V da vitória, por mais terra que percorressem, debaixo da neve!

6

Dormi com a cabeça em cima da mesa da secretaria e só acordei quando vieram me buscar, porque já era meio-dia. Nunca mais ousei falar deste assunto na escola, mas também nunca mais acreditei nas histórias de Deus que Madre Maria Pia contava. Eu tinha certeza que ela não era amiga dele, que não era sua aliada — ela era nossa inimiga!

RAIVA

1

Como na minha escola não tinha aula de ter raiva de inimigo, resolvi treinar minha raiva sozinha, imaginando tudo que eu podia fazer com um inimigo. Tinha tanta coisa boa de fazer...

2

Ah, se eu pegasse um inimigo desses, de uniforme e tudo, inimigo de verdade, sabe o que eu fazia? Não sabe? Primeiro, botava ele para rezar três terços, ajoelhado em cima de grãos de milho cru. Para pedir perdão a Deus pelos seus pecados, para limpar a alma dele do fogo eterno do inferno.

Depois, quando eu achasse que a alma dele estava ficando limpa, eu amarrava ele, bem amarrado num coqueiro, peladinho, peladinho, e dava uma bela de uma surra nele, com cansanção, urtiga e palmatória-do-diabo.

Depois de bem surrado, passava pimenta malagueta nele, nas partes dele e nos olhos dele, pra ele aprender que pimenta nos olhos dos outros não é refresco! Depois, besuntava o corpo dele todinho com mel de abelha — bem besuntado — para as formigas morderem.

Aí, eu perguntava:

— Estás arrependido de seres inimigo, seu gringo miserável, seu desgraçado?

Se ele não estivesse arrependido, se não passasse para o lado de cá, se não virasse meu aliado, pedindo perdão muitas e muitas vezes pelos pecados, rendido com as mãos em cima da cabeça, eu — sabe o que eu fazia?

Ah... não sabe? Eu enterrava ele, o corpo inteiro, no quintal, mas de pé, com os pés e as mãos bem amarrados, só com a cabeça de fora, com frio e chuva e tudo.

Depois, eu xingava ele, todos os xingamentos

que eu sei: alemão, nazista, filho disso e daquilo, se arrependa seu gringo miserável! Aí, talvez, ele se arrependesse.

Se não se arrependesse, eu xingava a mãe dele, bem xingada! Dizia todos aqueles nomes que eu sei, e que eu aprendi lá na escola, com *p*, com *b*, com tudo.

(Cuspir na cara dele, eu não ia cuspir, porque eu não gosto de cuspir em ninguém porque tenho nojo!)

Mas daí se ele continuasse meu inimigo, duro de se arrepender, eu pegava, pendurava ele de cabeça para baixo numa árvore, com os pés e as mãos amarradinhos, e fazia cócegas na sola dos pés dele com uma varinha. Mas bastante cócegas, para ele aprender a não ficar rindo dos nossos aliados à toa. E diria bem alto para ele:

— Ria, ria agora, seu gringo desgraçado... Ha! Ha! Ha!

3

Não sei se estas minhas ruindades são ruindades benfeitas. Especialistas mesmo em ruindade era Lampião. Ele sabia fazer cada perversidade linda de morrer! Ele arrancava os brincos das mulheres, rasgando a orelha. Cortava a orelha inteirinha dos inimigos. Cortava pé, mão, cabeça e tudo. Ele sabia fazer ruindade direitinho. Ele era doutor em ruindade!

4

Mas eu acho que também podia fazer uma coisa que fizeram com uma bruxa malvada, numa história! Eu achei ótimo! A gente pega o inimigo e bota dentro de um barril de madeira bem grande. Depois, empurra ele pra dentro. Ele fica sentado agachadinho. Então, a gente pega uns pedaços de madeira e tampa o tal do barril com pregos. E rola o inimigo por uma ladeira abaixo. A gente podia rolar o meu inimigo na Ladeira da Montanha e quando ele chegasse lá embaixo, no Comércio, ou estava morto, bem mortinho, ou tinha virado aliado, com toda a certeza!

5

Outra coisa, que eu li num livro e achei lindo, é um negócio chamado saco de pancada, que é muito usado também com bruxa má. A gente coloca a pessoa num saco de pano, amarra bem o saco e todo o mundo conhecido vai lá e dá uma paulada na pessoa.

Isto serve para desencantar pessoas encantadas, tirar as coisas ruins que estão enterradas nas pessoas. A ruindade da pessoa sai na hora e ela fica boa. Soube que fizeram isto com um gigante ruim e ele virou gigante bom.

Vai ver que se a gente fizer isto com um inimigo de guerra ele vira aliado.

6

Ah... Mas tudo isto dá muito trabalho. Eu queria mesmo era ser fada com varinha de condão para poder virar e desvirar tudo no que eu quisesse. Assim, quando o desgraçado do Hitler e o miserável do Mussolini desembarcassem no porto da Barra com os seus exércitos, eu ia lá e virava eles em aliados.

Pronto! Eles trocavam a farda, viravam marinheiros americanos, de roupa branca e azul (lindos de morrer!). Aí, eu chamava todas as minhas tias que adoravam os soldados aliados — viviam namorando com eles — e a gente fazia uma festa de largo bem grande, com quermesse e tudo.

Mas será que tem bruxas e fadas nos exércitos? (Não sei se elas se alistaram!) Vou perguntar a vovó Candinha — ela sabe de tudo! E eu já estou cansada de tanta ruindade.

Sonia Robatto

O EXÉRCITO DOS SANTOS

1

Eu tinha uma amiga chamada Bettina, a gente fazia coleção de santinhos de papel. Aliás, lá na escola quase todo o mundo fazia. Eu adorava aqueles santos. Tinha uns lindos, pintados de prateado e dourado. Os santos tinham aquela carinha de santidade que só santo tem — aqueles olhinhos de quem já morreu, mas está vivo, olhando para as pessoas.

A gente trocava santo que nem figurinha de álbum.

2

Mas, naquele dia, eu não queria trocar santo. Só queria verificar a vida dos santos, um por um, pra ver com quem a gente podia contar na guerra.

Bettina vivia lendo um livro chamado *A Vida dos Santos*. Ela sabia onde eles tinham nascido e tudo. Quem sabe, eu podia descobrir se o santo era inimigo ou aliado?

3

A gente guardava os santos em caixas. Eu tinha uma caixinha de madeira linda, que vovó tinha me dado. Bettina tinha um bauzinho de lata, cheio, mas cheio de santos. Abrimos o baú dela em cima da mesa. E fomos olhando um por um os santos. Santa Rita de Cássia... italiana. São Francisco de Assis (esse, eu já sabia)... italiano. São Pedro... morava em Roma. São Lucas, São Mateus... a mesma coisa. Santa Terezinha do Menino Jesus, Santa Tereza D'Ávila (gostava da vida desta santa, era linda! Santo, quanto mais sofre, mais santo fica, mais milagreiro fica)... Bettina ia contando as histórias maravilhosas dos santos... Santos comidos por leões, na arena dos romanos. Santos que pintavam e bordavam, depois deixavam o tal do mundo e entravam nos conventos e viravam santos.

A galeria dos santos não tinha fim. Mas todos os santos, quem diria, eram inimigos! Alguns, eu tinha dúvida — Santo Antônio de Lisboa, por exemplo. Bettina jurou que Portugal não tinha entrado na guerra, ele não era nem inimigo nem aliado. Pensei que, sendo assim, a gente fazendo uma trezena para Santo Antônio, ele ficava do nosso lado. Vovó vivia fazendo trezena, dando festa para ele, Santo Antônio não seria ingrato.

Perguntei para Bettina se não tinha um santinho brasileiro.

Que ela soubesse, só tinha São Jorge.

4

Eu fiquei maravilhada. São Jorge, com dragão e tudo do nosso lado. Os gringos, que eu soubesse, não tinham nenhum dragão no exército deles. Tinham tanques, bombas, aquelas máquinas todas, mas dragão que é bom não tinham.

Eu fiquei felicíssima. Já via o dragão de São Jorge jogando fogo com as suas sete cabeças sobre o inimigo. Engolindo com as suas sete bocas, um a um, todos os exércitos inimigos. Engolindo o tal do Hitler, aquele horroroso do Mussolini! Pronto! Eu já tinha um Comandante Supremo das Forças Armadas dos Santos da Bahia. São Jorge Guerreiro, Oxóssi, o santo de Didi, minha babá. Ele morava na Lua!

5

Fiquei tão contente que me esqueci dos outros santos. Tantos santinhos bonitinhos (que pena!), todos inimigos da gente!

Mas, como eu ia dizendo, com São Jorge de frente e Santo Antônio de Lisboa de lado (Deus que me perdoe), os outros santos que protegessem quem quisessem, que eu não ligava nem um bocadinho!

Eu falava sem parar, enquanto Bettina guardava os seus santinhos, olhando para mim com aquela cara que ela fazia quando achava que eu estava maluquinha. Mas não disse nada.

6

Daquele dia em diante, Santo Antônio e São Jorge passaram a ser os patronos do grande Exército dos Santos da Bahia. Comandando os anjos bons (aliados) contra os anjos maus (os inimigos). E, como dizia meu pai, quem não é a meu favor é contra mim. E os outros santos que se cuidassem. E se aquilo de não gostar de santo inimigo fosse pecado, que fosse! Já não aguentava mais ficar tomando conta do que eu pensava e do que dizia para não pecar. Depois que a gente ganhasse a tal Guerra Mundial, eu me confessava com Padre Agostinho, que era tão bonzinho! Fazia penitência, ramalhete espiritual, rezava terço, jaculatória e tudo mais que fosse preciso, e pronto, me livrava do pecado, do fogo eterno do inferno!

Pior do que pecar era ir para o tal campo de concentração.

Deus que me perdoe, eu preferia o inferno ou, quem sabe, até mesmo o tal do purgatório. Mas quem ganha uma guerra vai pro céu, disso eu tinha certeza. E nós íamos ganhar a guerra com São Jorge e Santo Antônio do nosso lado, ou eu não me chamava Camila Pereira Bastos. Mudava até de nome, passava a ser Miriquita dos Anzóis Pereira!

GUERRA E PAZ

1

Mas Deus voltou mesmo para a nossa Frente de Batalha foi com Didi, minha babá. Eu adorava minha babá, ela era gorda, roliça, tinha um abraço bom, risada gostosa e sabia todas as histórias do mundo. Sabia também espantar os meus medos como ninguém:

— Oxente, medo do quê, menina? Você já está grande pra ter medo disso!

E o meu medo saía correndo e ia chatear outra menina menor do que eu, mais boba!

Mas, naquele dia, ela estava conversando com Maria, na cozinha. Maria era nossa cozinheira, muito preta, muito gorda também, muito gulosa, beliscava o dia inteiro as comidas maravilhosas que fazia.

2

As duas viviam conversando, conversas sem fim. Elas já estavam cheias da guerra. Queriam dar um fim na desgraçada! A guerra estava ficando muito chata. Elas não podiam sair de noite para dançar. Não tinha mais festa de largo. Uma chatice mesmo. Deus podia dar um jeito nisso. Botar um basta! Um chega pra lá! Um deixa disso! Pois onde já se viu esta mortandade toda à toa! E toda esta sem-gracice de vida!

Aí, eu perguntei para Didi de que lado Deus estava. E ela não tinha dúvidas:

— Onde já se viu, menina! Que pergunta mais boba! Claro que Deus está do nosso lado. Ele é nosso aliado. Onde já se viu?

Maria deu uma boa risada:

— Imagina, menina, se Deus ia abençoar esses gringos inimigos, miseráveis, que nem sabem rezar direito! Deus é mais, minha filha! Deus é mais!

3

Aí, eu contei pra elas que eu tinha muito medo que os chefões da guerra, o tal do Hitler e o amigo dele, o Mussolini, desembarcassem na Bahia, vindos do mar nos seus submarinos. E que o exército deles amarrasse todo o mundo que nem escravos e levassem para o tal do campo de concentração deles. E que eu nem dormia direito de noite, pensando nisso.

As duas deram muita risada:

— Oxente, menina boba! Imagine se os santos da gente, os orixás, vão deixar um gringo miserável desses botar o pé aqui! É só tentar pra ver! Vai ser até engraçado!

Didi dava muita risada. As duas falavam sem parar. Que queriam ver uma batalha dessas. Do lado de cá, os orixás. Do lado de lá, aqueles gringos amarelos, branquelos, esqueléticos. Não ia sobrar unzinho para contar a história. Ha! Ha! Ha!

Até o Senhor do Bonfim ia sair da sua igreja para botar os gringos para correr, com as mãos para cima e o rabo entre as pernas. Ha! Ha! Ha!

As duas riam tanto que eu acabei rindo também. E continuamos inventando a nossa guerra particular.

4

Quando os inimigos chegassem no porto da Barra, a gente amarrava eles bem amarradinhos no forte da Barra. E depois fazia uma bela de uma moqueca do tal Hitler, com bastante pimenta, e dava para os outros comerem. Que nem os índios fizeram com um bispo que andou por aqui! Ah! Ah! Eu estava adorando aquela guerra. Isto sim é que era uma guerra de verdade. Não era uma guerra lá longe, que só aparecia nos jornais, nas revistas e no rádio de papai.

Mas a guerra das duas continuava. Didi queria pedir a dona Iemanjá para afundar os submarinos inimigos. Maria achava bom mandar buscar uns capangas, lá no interior, ou, quem sabe, o resto do bando de Lampião, para nenhum gringo se fazer de besta! E não pense que a guerra parou aí!

Nada disso! Daí a pouco, a guerra tinha virado uma festa de largo! As baianas, de branco, lavando a frente de batalha, para abrir os caminhos. O nosso exército era comandado pelo Afoxé Filhos de Gândi, que puxava a guerra, tocando tambores.

Aí, a gente já tinha vencido todas as batalhas e no dia da vitória houve um grande desfile. Num dos carros alegóricos estavam os vencidos — o Hitler e o Mussolini, amarrados nus num poste.

Em outro carro estavam os aliados — Getúlio Vargas, o tal de Roosevelt, o governador da Bahia, o interventor Landulfo Alves, jogando beijos para todo o mundo que passava. E muito foguete de vara explodindo no céu! Muita banda de música e todos cantando:

*Por mais terra que eu percorra
Não permita Deus que eu morra
Sem que eu volte para lá...
Nossa vitória afinal...*

Não vi o resto do desfile porque dormi com a cabeça no colo de Didi. Dormi direitinho, com a certeza de que Deus era nosso aliado. E que ele tomava conta da Bahia com todos os seus santos. E que nenhum tanque, nenhuma metralhadora, nenhum avião, nada no mundo podia vencer o Senhor do Bonfim!

Sonia Robatto

FERIDO DE GUERRA

1

Meu pai gostava muito de caçar, ele tinha espingardas de todos os tipos. Nós aprendemos a atirar muito cedo, com espingarda de ar comprimido. Ele botava o alvo, uma lata, no barranco do quintal e a gente treinava. Meu irmão atirava muito bem, a lata voava para o alto toda vez que ele atirava. Minha irmã também sabia atirar. Eu não era muito boa de tiro.

2

Às vezes, a gente saía para caçar passarinhos, num morro que tinha lá perto de casa. Eu não caçava nada, porque tinha muita pena dos bichinhos. Mas meu irmão caçava e torcia o pescoço dos passarinhos, sem dó nem compaixão (também ele já era quase um homem, grande e tudo).

Um dia, meu irmão atirou e o bichinho caiu, ainda vivo. Corri depressa, para pegar o passarinho antes dele e não entreguei, de forma nenhuma, o passarinho para ele. (Depois, meu irmão contou para mamãe que eu dei um escândalo, chorei e berrei, porque queria salvar aquele passarinho — eu não me lembro.) Só me lembro que segurei o passarinho com todas as forças que eu tinha.

3
Voltei para casa com meu passarinho ferido, antes dos outros caçadores. Coitadinho dele, com a asinha machucada, o peitinho também! Coitadinho do meu passarinho!

No caminho de casa, fui pensando que aquele era um passarinho aliado, ferido num campo de batalha. E que eu era uma enfermeira, daquelas que se alistam nas tais listas de voluntários, para ir pra o tal *front* de batalha, para cuidar dos nossos feridos.

4
Vovó me arranjou uma caixa de sapatos, coloquei um pano dentro, limpei a asa e o peito dele com água oxigenada, passei iodo e soprei bem para não arder, coitadinho! Ele estava tonto, meio desmaiado e ficou ali deitado, quietinho.

Quando Didi, minha babá, chegou da feira arranjou uma gaiola e o meu ferido ficou deitado, no fundo da gaiola, mais morto do que vivo.

Como eu tinha virado enfermeira de guerra, precisava de uma malinha de enfermagem. Malinha foi fácil de conseguir: achei uma lancheira velha, tipo malinha, que servia. Abri o armário do banheiro, arranjei um pouco de algodão, esparadrapo, gaze, uma tesourinha de unhas e um espelhinho (para o doente se olhar, quando melhorasse). Desenhei uma cruz vermelha na mala e pronto! Estava preparada para ser enfermeira de guerra...

O meu ferido continuava mais morto do que vivo. Dei água para ele com conta-gotas, devagarzinho. Depois, enrolei o bichinho no tal pano. Assim, ele passou o dia, não quis comer pão molhado, nem nada. Na hora de dormir, levei a gaiola para o meu quarto e coloquei em cima de uma cadeira, ao lado de minha cama.

5

As responsabilidades de uma enfermeira de guerra são muito grandes. Elas não podem dormir como as outras pessoas. Dormem com um olho e ficam acordadas com o outro. Quanto mais tempo ficarem acordadas, olhando para os feridos, mais depressa os tais feridos se levantam e vão lutar nas batalhas, para serem feridos de novo. Assim, eles ganham medalhas e viram heróis. Se o meu ferido vivesse, ele ia ser um herói, eu dava até uma medalhinha para ele. Acho que eu passei a noite acordada ou cochilando. Mas, uma hora lá, eu dormi e quando acordei, de manhã cedinho, o meu ferido estava morto, com as duas pernas bem esticadas, no fundo da gaiola.

Comecei a chorar. Depois, me lembrei que enfermeira de guerra não pode chorar, que na guerra todo mundo é valente. Engoli o meu choro. Fiquei segurando o meu ferido perto do meu peito, sem saber o que fazer. Depois, logo depois, eu soube! É claro que eu tinha que enterrar o meu ferido, com honras militares — ele era um herói! Tinha que ter um enterro bonito, como um que eu vi um dia, no cinema.

6

Vovó me arranjou uma caixa de sabonete, *Cashemere Bouquet*, que dava direitinho para ser o caixão. Coloquei o passarinho dentro e cobri com margaridas. Ficou um morto bonito de se ver, com o bico para cima e as patinhas duras, aparecendo entre as flores. Resolvi que ia enterrar o passarinho num cantinho do jardim. Convidei Didi para o enterro. Ela estava muito ocupada limpando o quintal. Maria estava fazendo o almoço. Meus irmãos estavam no colégio. Minha mãe tinha saído para a rua Chile. Papai estava trabalhando. Só se fosse vovó! Vovó aceitou o meu convite para o enterro. Pensei também em chamar a família do passarinho, mas eu nunca tinha visto um passarinho daqueles. Era um passarinho desconhecido, sem pai, sem mãe, sem irmão, coitadinho!

7

Cavei o túmulo com a faca grande de cozinha que Maria me emprestou. Fiz uma cruz com dois gravetos amarrados com um cordão. Vovó trouxe um banquinho e uma sombrinha. Abriu a sombrinha e ficou ali sentada, ao meu lado. Muito séria, sem dizer nada. Coloquei o caixão dele dentro da cova.

Depois, levantei, fiz continência com a mão no

coração, e cantei aquela música que dona Yara, minha professora de canto, tinha ensinado:

> *Por mais terra que eu percorra*
> *Não permita Deus que eu morra*
> *Sem que eu volte para lá...*

Vovó começou a cantarolar baixinho também. Depois, ainda cantando, coloquei a terra sobre o túmulo do meu passarinho desconhecido. Alisei bem. Enfiei a cruz, com cuidado, e cobri o túmulo todo com margaridas do jardim.

Quando acabei, senti que alguém estava nos espiando no portão. Olhei para trás. Era Hans. Fiquei parada, sem dizer nada, com o coração disparado.

Mas vovó falou:

— Pode entrar Hans, não faça cerimônia...

Ele entrou, devagar, com aqueles seus olhos azuis, enormes (que naquele dia ainda estavam maiores). Tirou uma flor do jardim, colocou no túmulo do meu herói e saiu correndo, sem dizer nada. Nem fechou o portão de casa! Ainda bem que vovó estava ali e eu pude colocar a minha cabeça no colo dela, por um tempo sem fim, e ninguém soube que eu chorei! — porque enfermeira de guerra não chora.

Pé de guerra

DANÚBIO AZUL

1

De uma hora para outra a nossa rua ficou movimentadíssima. Uma ambulância veio gritando (como sempre gritam) e parou na porta do meu inimigo Hans. Eu estava sentada na varanda de cima da minha casa e dava para ver tudo muito bem. Meu coração disparou. O que será que tinha acontecido? Será que os aliados tinham atacado a casa deles? Será que eles estavam feridos? E como é que eu não tinha ouvido o barulho do combate, com metralhadoras, bombas e tudo mais que a guerra tem?

2

Desci a escada correndo e encontrei Didi correndo também para a porta. Fiquei na rua espiando de longe. Vi quando tiraram a maca. A maca entrou dentro da casa. Demorou um tempão. Aí, apareceu o Hans deitado na tal da maca, segurando a mão da mãe, que andava ao seu lado. Os dois choravam. Eu senti um frio horrível na barriga. Comecei a chorar também. Os dois entraram na ambulância. A ambulância partiu gritando e me deu uma vontade enorme de gritar também. Entrei em casa correndo e fiquei chorando no banheiro.

3

Quando Didi chegou, eu quis saber de tudo. Ela explicou que ele estava com uma danada de uma dor na barriga, que não passava. Que o pai dele estava na fazenda. Que o médico do Hans não estava na cidade e que dona Dora resolveu levar o menino para o pronto-socorro do hospital e que...

Eu quis saber se não era mentira, se não tinha havido um combate secreto. Se o Hans não tinha sido ferido. Se ele não ia morrer.

Didi deu risada:

— Pare de dizer bobagens, menina. Não aconteceu nada disso! E este gringuinho não vai morrer nem nada! Enquanto a alma está no corpo há esperanças de vida!

4

Didi foi embora para a cozinha e eu subi para o meu cantinho, na varanda. E lá fiquei pensando na vida.

Engraçado, como é possível a gente gostar assim de um inimigo? Será que um aliado quando vê um inimigo ferido sente o que eu estava sentindo pelo Hans? Vai ver que eu só sentia aquilo porque era criança e criança não sabe ser inimigo direito. Quando eu crescesse, certamente ia aprender.

Tinha dias que era muito chato ser criança. Eu queria tomar um chá de qualquer coisa para crescer logo, e pronto!

Fiquei lá em cima da minha varanda tomando conta da casa do meu inimigo. Todo mundo tinha saído de casa, eu estava sozinha com as empregadas.

5

Quando vovó chegou, no fim da tarde, contei tudo. Ela resolveu ir até a casa do Hans para ter notícias. (Vovó era muito corajosa, não tinha medo de inimigos, nem um pouquinho.)

Voltou dizendo que tinha conversado com o avô dele, seu Henrique, e que Hans tinha tido uma crise de apendicite, mas que tinha sido operado e que tudo corria bem.

6

Naquela época todo mundo tinha apendicite. Eu achava muito bonito ser operado de apendicite, ir para hospital. Parecia coisa de cinema!

Eu já via o filme todo... Hans sendo levado para a mesa de operação. A mãe, coitadinha dela, chorando num canto! Os médicos (muito bonitos), com aquelas coisas que eles usam no rosto, parecendo máscaras de carnaval. E o Hans (pobrezinho dele!), lá, bem espichado... Era um menino muito importante, o Hans, não era um inimigo qualquer!

7

Acho que ele passou uma semana no hospital. Não vi quando ele voltou. Mas, um dia, vovó resolveu que ia fazer uma visitinha para ele. Eu fiquei espantada:

— Imagine, vovó, ele é nosso inimigo, nunca ouvi dizer que a gente visita um inimigo!

Vovó olhou para mim muito séria, por cima dos óculos:

— Sabe, Camila, cada qual no seu cada qual! Eu não declarei guerra a ninguém. Quando esse pessoal resolveu guerrear, ninguém me perguntou o que eu achava. Tudo bem, guerra é guerra, os soldados que resolvam. Dona Dora sempre foi minha amiga, muito gentil e tudo. Quando eu fiquei doente de reumatismo, ela veio me visitar, trouxe até uma torta de ricota. Pois eu vou lá e vai ser hoje mesmo.

Aquela minha avó era engraçada. Visitar um inimigo!

8

Bem... fiquei pensando: se minha avó podia ir, eu também podia, os outros não iam poder dizer nada. E eu estava com muita e muita vontade de saber do Hans, como tinha sido a tal operação!

Vovó concordou com a minha ida. Tudo bem, eu podia ir! Que fosse trocar de roupa.

Subi a escada para o segundo andar bem devagar, pensando em qual vestido que ia pôr. Eu queria ficar bem bonita (a gente não pode ir feia na casa de um inimigo). Escolhi um vestido azul de cassa. Saia rodada, laço de cetim na cintura, mangas bufantes. Sapatos de verniz preto, meias brancas. Vovó fez duas tranças em mim, com dois laços.

Depois, disse que eu parecia que ia para um aniversário. Que a roupa era bonita demais para uma visitinha. Mas eu fui assim mesmo. Até usei, escondido, um pouco de perfume francês de vovó — *Fleurs de Rocaille.*

9

Fomos as duas de mãos dadas. Eu carregava uma latinha com suspiros, para Hans. Não sei por que o meu coração batia tão depressa. Não sei por que eu estava com medo...

Tocamos a campainha. Dona Dora veio sorrindo abrir a porta. Vovó tinha avisado, por telefone, que íamos fazer uma visitinha.

Ficamos sentadas as três na sala um pouquinho. Eu sabia que o Hans estava lá em cima, sozinho. As duas conversavam uma conversa comprida, de como foi e de como não foi a operação. Eu não conseguia me sentar direito na poltrona. Até que a conversa delas ficou bem baixinha e a dona Dora perguntou se eu não queria ir ver o Hans. Eu queria.

Ela avisou o Hans de baixo, da escada:
— Hans, a Camila vai subir!

10

E eu subi, um a um, cada degrau de mármore daquela escada. A porta do quarto do Hans estava aberta, eu fiquei parada na porta, olhando para ele. Ele parecia um santinho de altar. Ou, quem sabe, Nossa Senhora Menina, naquele desenho que tem dela, enroladinha num cobertor, que nem um bebê deitado numa cama! A cama dele era enorme, cama de gente grande! Uns travesseiros grandes, bordados. Vestia um pijama branco, tudo muito branco, muito lindo. E ele com aqueles dois olhinhos de santo, falando:

— Camila, entre, Camila, não fique aí, parada na porta. Pode entrar, Camila!

Entreguei a latinha de suspiros. Ele agradeceu. Tinha uma poltrona ao lado da cama dele, levantei o vestido, para não amassar, e me sentei. Daí a pouco eu estava falando sem parar:

— Doeu, Hans? Foi bom andar de ambulância? Você se lembra quando eles cortaram a sua barriga? Saiu sangue? E como é a tal de anestesia? E o apêndice? Você vai guardar num frasquinho? Não, por quê?

Ele ia respondendo tudo, para frente e para trás. Eu ouvia mais ou menos. Ele estava abatidinho, com uma carinha triste, e eu quis animar. Falei que achava lindo ter apendicite. Ele riu. Continuei falando que eu só tinha aquelas doenças bobas, horrorosas — doenças de criança! Bonito era ter uma doença assim, com operação e tudo! Doença de gente grande! O riso dele era muito bonitinho. Entrava pelo meu ouvido, fazia cócegas e eu tinha vontade de rir também. Aí, eu disse, de propósito, todas as bobagens que eu sabia que ele gostava para ver se ele ria mais. E ele riu e eu ri. Fomos rindo de tudo. Como era bom rir assim, com o Hans. Ele ficava tão bonitinho rindo, com aqueles dentinhos bem brancos, com a cabeça inclinada um pouquinho de lado.

Quando a risada toda passou, ficamos calados, sorrindo. Eu me sentia a menina mais feliz do mundo!

11

Enquanto isso, olhava tudo no quarto dele. Em cima da mesa de cabeceira tinha uma caixinha dourada, linda.

Perguntei o que era. Era uma caixa de música. Ele deu corda. Depois abriu a caixinha. Apareceu uma bailarina que bailava enquanto tocava o *Danúbio Azul*. Era tão lindo, doía até. De uma hora para outra eu virei bailarina e dançava com Hans, num palco maravilhoso lá na Alemanha! A dança só parou quando o avô dele, seu Henrique, apareceu. Eu tomei um susto. A música foi se acabando. E o seu Henrique encheu o quarto todo.

12

Ele era bem velhinho, com a barba branca e tudo. Vivia trabalhando no quintal, numa garagem misteriosa. Diziam que ele tinha uma marcenaria e uma oficina que consertava rádios quebrados. Mas ele fazia perfumes, também. Ele sorriu para mim. Bonito, aquele avô! A fala dele era gozada, mas eu gostava dele. Lindo, aquele avô do Hans! Avô de barba branca, boné na cabeça, cachimbo. Ele tinha até um presentinho para mim: um vidrinho de água-de-colônia *Flores do Reno*. Eu agradeci muito envergonhada e ele foi embora. Ainda bem que aquele avô foi embora. Eu tinha muitas coisas importantes para falar com o Hans!

13

Eu queria pedir para ver a cicatriz da operação dele. Mas de repente fiquei com vergonha. Não ficava bem para uma menina educada pedir isso. E eu não pedi. Queria falar da guerra. Mas também não falei porque pensei que aquela era uma visita de paz. E por mais que eu procurasse o jeito de inimigo em Hans, não encontrava. Será que o inimigo a gente tem vontade de abraçar, de passar a mão no cabelo louro dele? Será que inimigo fica sorrindo, assim, pra gente? Será que é pecado gostar de inimigo? Será que existe pecado nesta tal guerra? Ou os pecados ficam para a paz?

Para disfarçar tantos pensamentos que pulavam na minha cabeça, pedi a Hans para ver a sua famosa coleção de bolinhas de gude. Estavam na estante, ficavam dentro de um vidro transparente. Eram alemãs. Eu trouxe o vidro com cuidado e espalhei as bolinhas na cama dele. Eram lindas de olhar e de pegar. Fiquei lá, ajoelhada na beira da cama, brincando com as bolinhas de gude, até que vovó e dona Dora apareceram na porta, com a nossa merenda.

14

E daí a pouco voltamos para casa. Eu levava no bolso uma bola de gude branca e azul, da cor dos olhos do Hans. Como eram bonitos os olhos dele! Como era bonito o Hans!

De noite, naquele tal *black-out*, eu fiquei pensando em Hans e na doença dele e tudo. Acho que até tive inveja dele. Não era uma doença feia, tipo catapora, que empelota a gente toda. Nem sarampo, que coça e arde. Nem papeira, que incha e dói, dói muito. Não era nenhuma dessas doenças horrorosas que todo mundo fica perguntando pra gente: Você já teve isso, aquilo? Nada disso, era uma doença limpa, que não sujava a roupa, boa de receber visitas. Doença importante aquela! Quando acabasse a tal da Guerra Mundial, eu também queria ter uma doença daquelas. Aí, eu podia ficar deitada numa cama bem bonita (na cama de mamãe), vestida com uma camisola bordada, recebendo todos os meus amigos e ex-inimigos. E minha mãe e meu pai iam me dar todos os presentes que eu quisesse. E vovó ia fazer chazinho para mim, com torradas bem fininhas, com manteiga e queijo. Meu pai ia responder todas as minhas perguntas, sem ficar impaciente. E mamãe ia chorar bastante, com medo que eu morresse, com seus olhos azuis bem vermelhos. E os meus irmãos iam deixar que eu mexesse em todas as coisas deles...

Mas agora, eu não podia ficar doente, nem pensar nisso! Tinha esta tal Guerra Mundial — eu estava muito ocupada. Eu só podia ficar doente mais tarde, quando os aliados vencessem os inimigos.

Dormi ouvindo o *Danúbio Azul* na minha cabeça, com a bola de gude de Hans debaixo do meu travesseiro. (Nunca vi na vida um inimigo mais bonito do que aquele!...)

TEMPO DE GUERRA

1

O tempo de guerra não passa igualzinho como o relógio marca, nada disso. Às vezes, os dias passam devagar, às vezes, passam depressa. As férias ficam misturadas com as aulas. É tudo muito esquisito!

Quando o medo piora, o tempo passa devagar e parece que a guerra nunca mais vai acabar. A gente fica olhando para o horizonte imaginando que, de uma hora para a outra, as tropas inimigas vão chegar e levar todo mundo embora amarrado no porão do navio deles.

2

A guerra corta as pessoas em pedacinhos. Tira o pé de um, a mão de outro. Arrebenta as pessoas. Elas voltam da guerra de muleta, de bengala, sem perna, sem mão, sem dedos. É um horror!

Eu vi num filme um desfile de aliados, todos arrebentados. Eu quis saber o que acontecia com quem ganhava a guerra. Ganha o quê, afinal?

Meu pai disse que o exército ficava vitorioso — que os outros perdiam a guerra e se rendiam. Mas o que eles ganhavam mesmo, ele não disse. Vovó disse que eles ganhavam a paz. No meu entender, a paz tanto ficava do lado de lá como do lado de cá — assim, eu não via a vantagem de quem saía ganhando, ganhar a paz. Não ganhavam troféu, que nem jogo de futebol. É verdade que os heróis ganhavam medalhas, mas eu também ganhava medalhas, lá na escola, sem guerra nem nada. Eu acho que, na guerra, os exércitos ganhavam alguma coisa que criança não podia saber. Eles não iam brigar tanto para não ganhar nem um premiozinho. Qualquer dia, eu descubro. Ah, eu descubro sim!

3

Eu vi num jornal chamado *O Globo Expedicionário* que mostrava o retrato dos pracinhas, lá na Itália, na neve (coitadinhos deles), tiritando de frio. O jornal falava que lá no *front* de batalha era um morrer sem fim. É verdade mesmo, pois morreu lá na neve um aviador baiano, da FAB. Saiu a notícia toda publicada na primeira página do jornal *A Tarde*. Ele era do 1º Grupo de Aviação e Caça — o tal SENTA A PUA. Acho que ele voava num avião pintado de tigre, muito lindo — o TIGRE VOADOR. Diziam lá no jornal que a artilharia antiaérea do inimigo derrubou o avião. Veja que horror!

Ele virou herói de guerra e tudo, mas todo mundo ficou com pena dos pais dele. Eu vi o retrato dos dois no jornal, chorando. Filho não pode morrer antes da mãe e do pai porque não está certo!

A guerra bagunçou tudo mesmo. Eu não estou mais com paciência com esta tal de guerra. Tomara que acabe logo e todos os pracinhas possam voltar para casa, com o V da vitória, tirar o uniforme e tomar banho de mar, em paz.

4

Mas a guerra aumentava dia a dia. Tinha o tal do racionamento. A gente não podia comprar tudo o que queria, mesmo que tivesse dinheiro não podia comprar as coisas. A guerra apertou tanto que papai desistiu de andar de automóvel. O carro ficou lá na garagem, sem rodas, em cima de uns cavaletes. Uma coisa muito esquisita. Eu perguntei o que era que o carro tinha. Mas o carro não tinha nada, era o tal do racionamento de gasolina. Cada pessoa só tinha o direito de comprar um pouquinho de gasolina.

Meu pai começou a ficar assustado quando começou a faltar comida. Bem, ninguém morria de fome lá em casa, mas mamãe vivia se queixando que faltava carne, farinha de trigo e uma porção de coisas. Acho que a comida da gente ia para a guerra. Os nossos aliados tinham que comer muito para ficarem fortes e enfrentar os tais dos inimigos. Meu pai fez um estoque de comida lá na garagem. Latas de biscoitos, feijão, arroz, farinha. E nós tínhamos que tomar uma porção de vitaminas — para não ficarmos doentes.

Lá na Europa, o pessoal já estava passando fome, eles catavam batatas no chão, brigavam por um pedacinho de comida. Será que aqui ia acontecer o mesmo? Acho que não, a gente pode pescar caranguejo. É só jogar o jereré com um pedaço de carne dentro e pronto, pega os bichos. A gente pode comer manga, abacaxi, pode criar galinha, peru, porco. Acho que a gente não vai passar fome nesta guerra não! As comidas de Maria, nossa cozinheira, estão cada dia mais gostosas: moqueca de camarão, caruru, bife à milanesa com batata frita. Não sei por que papai está tão preocupado! São coisas de gente grande que gosta de ficar se preocupando com tudo na vida...

RADIOAMADOR

1

Antes de começar esta guerra meu pai era radioamador. O rádio dele ficava numa sala especial chamada *schack*, com microfone para a gente falar e mil aparelhinhos que eu não sei para que serviam. As paredes estavam cobertas de cartões que os outros radioamadores do mundo todo mandavam. Todo dia, quando ele voltava do trabalho, ligava aqueles aparelhos, as luzes se acendiam e ele falava... "da Bahia para o mundo"...

A voz daquele meu pai era muito forte, muito bonita, voz de artista de radionovela. Ele falava umas coisas que eu não entendia bem, mas começava sempre dizendo:

— Chamada geral 20 metros, chamada geral 20 metros, a estação da Bahia PY6AC chama geral 20 metros...

E, aí, ele mexia nos aparelhos e escutava o rádio para ver se alguém respondia. E sempre aparecia alguém chamando papai pelo número dele, o tal do prefixo de radioamador: PY6AC. Sabe de uma coisa? Aquele meu pai era muito importante mesmo. Ele falava com o mundo todo em tudo que era língua, muito sabido o meu pai! Além disso ele falava também pelo telégrafo num aparelhinho que fazia um barulhinho engraçado. Aí, eu não entendia nada, era tudo muito secreto. Quando ele deixava eu falava também no microfone. Não pensem que era fácil não, era difícil. Eu ficava com um friozinho na barriga e tinha que falar com uma voz bem forte, bem clara, como gente grande.

Ah, eu adorava ficar ouvindo aquele meu pai maravilhoso falar no rádio, o tempo passava depressinha e logo, logo chegava a hora do jantar.

Às vezes, aparecia o avô do Hans, de cachimbo e tudo. Ele entendia muito de rádio, mexia nos aparelhos todos, olhando os catálogos, escritos numa língua muito estrangeira e consertava tudo que estava quebrado. Depois, ele bebia um licorzinho com papai e voltava para a casa dele.

2

Mas agora o rádio estava calado, proibido de falar. E o avô de Hans não aparecia mais. Ninguém podia falar no rádio, para o inimigo não escutar e descobrir a casa da gente e jogar bomba de noite.

Meu pai só ligava o rádio para ver se ouvia algum inimigo falando, sem querer, ou quem sabe um espião mandando mensagens, ou para ouvir aquelas notícias todas em língua estrangeira. Na guerra tudo fica diferente, mesmo. Todo mundo tem que ficar de bico calado, senão morre, com uma baioneta cravada no peito, ou quem sabe com uma bomba jogada do céu! Mas eu não gosto muito de falar nisso, porque tenho mais medo de espião do que de inimigo de verdade. Porque inimigo é inimigo — e pronto! Mas espião tem cara de amigo, jeito de amigo, e quando você vai ver ele é inimigo. Guerra é uma coisa muito complicada mesmo!

SERVIÇO DE INFORMAÇÃO

1

O mais difícil mesmo era distinguir um gringo aliado de um gringo inimigo. Porque, olhando assim, do lado de fora, todos os gringos são iguais. E ainda tem um tipo de gringo muito perigoso — o gringo espião. Este tipo finge que é amigo, mas é inimigo. Ele espia tudo que a gente faz e sai correndo e vai contar para os inimigos. Às vezes eles falam pelo rádio. Às vezes eles mandam mensagens secretas pelo telégrafo — aí pronto! Os inimigos desembarcam na praia com os seus navios corsários, atacam tudo e matam todo mundo.

2

Na guerra tem o espião, mas tem também a contraespionagem. Tem a polícia, mas tem também a polícia secreta. A polícia de verdade não conhece quem é da polícia secreta, e não sabe quem é espião ou quem é contra os espiões.

Será que você está me entendendo? Para acabar com os espiões a gente tem que virar espião também do lado de cá, enquanto do lado de lá ficam os espiões dos inimigos, mas como ninguém sabe direito quem é o inimigo tudo fica muito perigoso. Eu ouvi tudo isso numa reunião que meu pai e os amigos dele estavam fazendo no escritório lá de casa. Eu acho que meu pai era um tipo de detetive, que ele era da polícia secreta, mas, por favor, não conte isso para ninguém porque é muito perigoso.

Minha mãe não gostava daquelas reuniões, nem minha avó. E ninguém, ninguém mesmo podia entrar no escritório.

3

Mas, naquele dia, eu entrei no escritório abaixadinha e me escondi atrás do sofá. E foi assim que eu virei espiã aliada, descobrindo todos os segredos daquela guerra — os porquês — os poréns e os contudos que gente grande não conta.

Eles começaram falando de um negócio chamado Serviço de Informações. Falaram do vazamento das informações e de umas tais de influências ocultas e do perigo dos informantes da costa. E foram falando assim, assim, disso e daquilo. Falaram que a defesa do nosso porto estava muito ativa, muito bem organizadinha, que ninguém podia botar defeito. Que aquele naviozão de guerra o EN-COU-RA--ÇA-DO Minas Gerais tomava conta do porto com outros dois navios que vieram de Mato Grosso. Eles tinham de tudo a bordo: canhões, bombas, metralhadoras, etc. e tal. Uma beleza!

Depois, falaram dos soldados do nosso exército que estavam bem escondidinhos ali na Ilha de Itaparica e na ponta de Santo Antônio. E foram que foram falando de tudo: dos fuzileiros navais que estavam morando no Solar da Unhão (estes eu já tinha visto por mim mesma). Falaram dos nossos aviões de bombardeio e de uma coisa chamada dirigível — os tais "Blimps" da Força Aérea Brasileira. No meio de toda essa falação, contaram uma coisa incrível! In-crí-vel! Imagine que os americanos estavam dizendo que existia aqui em Salvador uma espiã muito perigosa: uma loura terrível, chamada Aninha dos Torpedos. Parece que a dita cuja era mulher da vida. E sabe o que ela fazia? Pois, atraía os marinheiros aliados com os seus encantos. Eles ficavam caidinhos por ela, diziam o destino dos navios e ela contava tudo para os submarinos inimigos. (Eu fiquei doidinha para conhecer pessoalmente esta espiã loura, perigosa, maldita!)

Depois eles falaram dos espiões inimigos que soltavam sinais luminosos das praias para facilitar os bombardeios.

Depois eles abaixaram a voz e bem baixinho falaram de uma coisa muito suspeita que estava acontecendo num convento, perto do morro São Paulo, aqui pertinho. Parece que era uma coisa chamada CONS-PI-RA-ÇÃO!

A falação foi continuando sem parar até que eles falaram bem do mestre de um saveiro *O Deus do Mar*, que recolheu uma porção de náufragos aliados no meio do mar. (Ah, coitadinhos deles!)

Isto sim é que era guerra. Guerra de verdade, com espiões, soldados, bombas, metralhadoras e tudo mais. Eu estava no melhor da minha guerra, quando meu pai, não sei por que, me descobriu e me deu um carão horrível: que onde já se viu fazer uma coisa dessas, menina, ficar ouvindo escondida a conversa dos outros, e me mandou de castigo para o meu quarto. Pois é!

ESPIANDO OS ESPIÕES

1

Desta vez, foi Maria quem trouxe a notícia... Imagine que tinham levado a família do Hans todinha para a polícia e o menino estava lá na casa dele, recém-operado, sozinho com a empregada.

Eu não sabia o que fazer. Será que eu podia fazer alguma coisa? Só se a minha avó me ajudasse. Vovó não estava em casa, tinha ido para a trezena de Santo Antônio. Eu não tinha coragem de ir lá sozinha. Espiei da varanda lá de cima e não vi nada — a casa estava toda fechada.

Resolvi passar correndo, defronte da casa dele, como se eu não quisesse nada. Tomei coragem, no portão. Saí de casa correndo, passei defronte da casa dele, mas não vi nada. Subi de novo para a varanda, espiei, não vi nada. Fiquei lá sentada na varanda, sem saber o que fazer, até que deu seis horas da tarde e vovó chegou. Ela resolveu ir até a casa do Hans. Pegou o seu guarda-chuva e a bolsa e me disse que era para eu ir com ela. Eu fui.

2

Tocamos a campainha da porta. A empregada espiou com medo pela porta entreaberta, depois abriu a porta de vez e nós entramos. Cadê o Hans? Estava no quarto dele. O que tinha acontecido mesmo? A empregada falava da polícia, dos vizinhos que tinham denunciado seu Henrique, dizendo que ele tinha uma estação de rádio escondida na garagem, para falar com os inimigos. Que ele era espião nazista. Por isso, ele teve que depor na polícia. Aí, o Hans apareceu lá em cima da escada, mais branco ainda, com os olhos azuis bem avermelhados. Eu não consegui falar nada, vovó falou alguma coisa. Depois subiu a escada e deu um abraço bem grande nele e os dois desceram juntos. Eu não quis olhar mais nada, eu não conseguia olhar a tristeza do Hans. Fiquei espiando a rua pelo vidro da janela, fingindo que não estava ouvindo o choro dele. Eu não podia chorar, na guerra ninguém chora por um inimigo...

3

Ficamos um tempão ali na sala... até choveu, chuva de trovoada. Hans ficou deitado no sofá de florzinha, vovó sentada numa poltrona, eu zanzando de lá para cá, espiando a chuva. A empregada até trouxe um chazinho com uma fatia de bolo. O tempo parou — ou espichou. Não sei o que aconteceu. Eu estava com muito medo da polícia, dos inimigos, dos aliados, dos aviões, dos submarinos... sei lá.

4

Depois de muito tempo, eles chegaram, os três juntos. O pai e a mãe e o avô do Hans. Abraçaram muito a minha avó. Hans subiu para o seu quarto e desapareceu. Seu Henrique parecia muito e muito velho. Balançava a cabeça desconsolado, contando uma história de espiões, espionagem, rádios, sei lá. Ele falava que estava muito velho para passar por aquilo tudo. Que ele não tinha culpa de ser alemão, que ele nunca ia fazer nada contra o Brasil e que... aí, ele começou a soluçar... Eu não sabia o que fazer. Fugi da sala, abri a porta da rua e fiquei lá na varandinha da frente, esperando vovó.

5

Quando gente grande chora, o mundo vira que vira de pernas pro ar. É muito perigoso para as crianças, ninguém sabe o que fazer, quando gente grande chora. Abraçar? Eles não gostam! No colo da gente eles não cabem. Por isso, é melhor a gente se esconder para não ver, tampar os ouvidos, cantar... sei lá.

Estava muito escuro lá fora, comecei a ficar com medo dos inimigos, medo desta guerra maluca. O medo vinha pelas minhas costas — sentei no chão e me encostei na parede.

Ali fiquei, bem encolhidinha, até que vovó começou a me chamar:

— Camilinha, ó Camilinha! Cadê esta menina?

Ela apareceu na varanda, com seu eterno guarda-chuva.

Do portão olhei para o alto da casa e vi o Hans com o rosto colado no vidro da janela do quarto dele, mas eu fingi que não tinha visto. Caminhei para casa, com vovó, debaixo do guarda-chuva, sem dizer uma palavra. Alguma coisa muito séria tinha acontecido. Alguma coisa que me separava do Hans. Mas eu não queria saber...

Durante vários dias, no meio das coisas que eu

fazia, ouvia o choro do seu Henrique e o meu coração encolhia, minguava, virava uma bolinha de gude.

6

No dia seguinte, escreveram no muro da casa do Hans com carvão, assim:

*ABAIXO OS ESPIÕES NAZISTAS
TRAIDORES DA NOSSA PÁTRIA*

Vovó contou que dona Dora chorou muito quando leu aquilo, que ela disse que ia embora, que não aguentava mais.

E o Hans? Ninguém falou nada dele.

E o seu Henrique? A oficina dele vivia fechada. O que será que estava acontecendo naquela casa? Só de pensar nisso eu sentia um frio na barriga.

SEGREDO

A gente não pode gostar de inimigo, eu sei disso. Inimigo a gente detesta, odeia, quer partir em pedacinhos, enfiar uma faca, baioneta, facão, peixeira.

Quando a gente vê um inimigo trinca os dentes, dá um pulo e pega logo uma arma e vai lá e mata logo (eu vi que vi num filme horroroso sobre uma guerra).

Amigo, a gente quer dar um pedaço de manga doce que está chupando. Quer dar um pedacinho de chocolate da Vaquinha. Quer que ele tome banho de mar junto com a gente. Quer mostrar o dragão de São Jorge, na Lua cheia. Quer contar histórias pra ele, fazer adivinhações, brincadeiras. Por isso é que eu dou mais para ser amiga do Hans do que inimiga. Você não acha? Mas não conte isso para ninguém — é segredo!

Sonia Robatto

SONO DE FAMÍLIA

1

Era tão bom acordar no meio da noite quando todos da casa dormiam! Eu me levantava nas pontas dos pés e zanzava pela casa em silêncio. As paredes, o chão e os móveis pareciam que estavam dormindo também. O relógio lá de baixo batia as horas. Eu me sentia a menina mais livre do mundo.

Eu podia pensar no que quisesse. Podia ser bailarina, enfermeira de guerra, artista de cinema.

Parecia que eu estava voando bem longe, no céu, que nem uma arraia presa por um fiozinho na minha casa. A casa era um ninho, e eu me sentia protegida pelas asas dos meu pais. Deitava no chão da sala de visitas, rolava pelos sofás, até que o sono chegava forte. Então, eu subia as escadas e mergulhava de cabeça no sono de toda família.

2

Mas, naquela noite, eu estava subindo devagar a escada quando vi meu pai descendo, correndo, nervoso, perguntando se eu tinha aberto as janelas, se eu tinha acendido as luzes. Não, eu não tinha feito nada daquilo. Mas as perguntas não paravam. Se eu não tinha ouvido o barulho dos aviões? Porque eles estavam rondando em cima da cidade. Não, eu não tinha ouvido nada, mas passei a ouvir imediatamente. Claro que o céu estava cheio de aviões inimigos. Claro que eles iam jogar bombas em cima da cabeça da gente. Ai, que medo, meu Deus, que medo! O medo foi aparecendo na cara de todos da família, à medida que cada um chegava na sala.

Apareceu vovó, tremendo de medo, com a sua redinha preta no cabelo. Apareceu mamãe com os olhos arregalados, vestindo um robe branco, bordado. Apareceram os meus irmãos, sonolentos, cheios de medo. Apareceu Didi, seguida por Maria, dizendo:

— Oxente, onde já se viu! Os gringos endoidaram de vez...

Não pensem que o momento era de brincadeira. Nada disso! Papai explicou que os soldados inimigos podiam cair do céu em paraquedas. Que ninguém podia abrir a porta da rua. Que era melhor ficarmos todos juntos. Aí, ele subiu a escada e voltou com duas espingardas, uma para ele, outra para meu irmão. Eles fizeram uma barricada atrás da porta de entrada com a escrivaninha. Eu até achei bonita aquela guerra. Mas, aí vovó resolveu rezar alto a ladainha de Santo Antônio:

> *Se milagres desejais*
> *Recorrei a Santo Antônio*
> *Vereis fugir o demônio*
> *E as tentações infernais*
> *Recupera-se o perdido,*
> *Rompe-se a dura prisão*
> *E no auge do furacão,*
> *Cede o mar embravecido...*

A ladainha foi me embalando e eu dormi com a cabeça no colo de vovó. Acho que Santo Antônio levou os aviões inimigos, porque quando acordei estava vivinha da silva, na minha cama. Já era dia claro, cheio de sol e nós fomos todos tomar banho de mar, no porto da Barra.

Sonia Robatto

MAR SEM DONO

1

Eu, se pudesse, me casava com o mar. De vestido de noiva e tudo. Mergulhava para sempre no mar e virava uma Iemanjá, uma sereia do mar. Se eu pudesse, abria a boca de vez e engolia o mar. Ou, quem sabe, morava no mar que nem marinheiro, dia e noite me balançando no mar!

No mar ninguém manda, mar não tem presidente, governador, interventor, general nem nada. O mar é dele mesmo. Ele fica calmo quando quer, fica bravo quando dá na sua veneta. Ninguém prende o mar em lugar nenhum, pois ele não tem princípio nem tem fim.

Os filhos da mãe destes inimigos queriam mandar no mar, queriam tomar o mar para eles. Viviam escondendo os submarinos no mar da Bahia, viviam explodindo os navios da gente com os seus canhões. Mas um dia o mar vai engolir todos eles de vez e não vai sobrar nada, nadinha para contar a história...

2

Quando o mar estava calmo, antes desta tal da guerra, a gente saía para passear no barco do meu pai. As velas cheias de vento levavam que levavam a gente embora! A Bahia vista do mar parecia um presépio com as suas casinhas penduradas nas encostas. As gaivotas passavam baixinho e tudo ficava tão calmo, tão azul, tão bonito, que os pensamentos fugiam todos e o mundo ficava boiando.

3

Às vezes, no mês de março, o mar crescia. As ondas engordavam, ficavam furiosas e arrebentavam na murada do porto da Barra. Eu ficava na calçada, perto da balaustrada, de mãos dadas com papai, olhando a fúria do mar. O rosto respingando de água salgada, o coração batendo de medo e de felicidade.

O que será que o mar sentia para estourar assim que nem louco? O que é que estava escondido no coração do mar? Mas, de uma hora para outra, eu me sentia que nem o mar, capaz de fazer ondas de todos os tamanhos. O mar me chamava tanto que eu segurava com força a mão de meu pai, para não ir embora de vez, para trás daquele horizonte.

TRÉGUA

1

Morte é uma coisa engraçada. Todo mundo morre, mas ninguém se acostuma com isso. Eu quase morri. Ou será que morri e voltei de novo?

Eu me lembro do meu caixão. Era azul com lacinhos dourados. Um caixão maravilhoso, que eu já tinha escolhido, num dia que eu passei com mamãe, de bonde, defronte de uma funerária, lá no forte de São Pedro. Achei o caixão lindo e pedi para ela me dar de presente. Um caixão de anjinho para eu poder ir para o céu direto, sem passar pelo purgatório (sempre achei o tal do purgatório muito chato, se fosse para escolher, preferia até o inferno, com demônios e tudo!).

Mamãe ficou horrorizada com o meu pedido. Quando chegou em casa comentou, baixinho, com vovó:

— Será que a menina teve um pressentimento que vai morrer, mamãe? Estou com medo!

Vovó deu uma boa risada:

— Parece que você não conhece sua própria filha, ela adora inventar maluquices...

2

Bem, mas meu enterro estava muito bonito, todo mundo mandou coroas lindas! *Saudade eterna, Todo o amor dos seus pais.* Igualzinho a um enterro que eu tinha visto de um menino de oito anos que morreu atropelado.

Não é que eu quisesse morrer assim por morrer. Eu queria ver o fim da Guerra Mundial, queria crescer para ver como é que eu ficava depois de grande. Tinha muita coisa que eu queria fazer, conhecer São Paulo, Rio de Janeiro e tudo mais. Mas se a morte aparecesse, eu não ia ficar de joelhos implorando para ela não me levar. Nada disso! Morria mesmo, que nem herói de guerra!

Mas deixe eu contar esta história direito.

3

Quando eu tive a tal doença feia, horrorosa e, além de tudo, perigosa (pegava em todo mundo), acho que a minha família tinha medo que eu morresse de uma hora para outra. Me colocaram escondida, no quarto de papai e de mamãe, isolada de todo mundo. Eu ouvi alguém cochichando que, se a Saúde Pública me descobrisse, eu tinha que ir pra o tal do isolamento. Era um hospital onde só ficavam as pessoas com doenças perigosas que nem a minha — difteria.

O tratamento era feito com um soro de cavalo. Eu não sabia direito o que era isso. O Dr. Rocha me dava injeções horrorosas no bumbum e doía tanto que eu tinha que pôr uma pomada quente para desmanchar os caroços das injeções. A doença era muito esquisita. Ela ia apertando minha garganta e o ar custava entrar — faltava ar. A minha febre brilhava, no quarto todo, como se eu fosse uma lâmpada — pegando fogo.

4

Eu ficava perdida, horas e horas, naquela cama enorme, que nem um barco boiando sem rumo. Não conseguia falar com ninguém.

Via as pessoas me olhando com tanta e tanta pena, que eu ficava com pena delas também.

Ouvia, às vezes, um choro distante. E as vozes conhecidas se embaralhavam no meu ouvido, formando uma coisa só.

A febre foi me esquentando tanto que acabei escondida com medo dela, dentro de um pedacinho do meu corpo, que ainda estava fresco. E de lá, desta minha ilha, eu via o mundo ir se acabando.

As caras das pessoas cresciam, diminuíam, rodavam, mudavam de cor na minha frente. O teto chegava junto de mim e tudo que antigamente era parado, no quarto, se mexia: armários, cadeiras, janelas.

Alguém me lavava, mudava a minha camisola, punha talco e água de alfazema. Quem era essa pessoa? Ah... devia ser Didi, a minha babá. Era Didi! O cheiro dela chegava até a minha ilha, onde eu estava escondida — isolada.

Didi não tinha medo de nada. Ela não tinha medo desta minha doença perigosa, horrorosa, que podia passar para ela. Didi não tinha medo de mim. Que bom!

5

Ela me punha no seu colo, na cadeira de balanço, e cantava cantigas de ninar...

> *Vamos maninha, vamos*
> *Na praia passear*
> *Vamos ver a barca nova*
> *Que do céu desceu ao mar*
> *Nossa Senhora vem dentro*
> *Santo Antônio no altar*
> *São José é o contramestre*
> *E os anjinhos a remar...*

Ela me falava de coisas que chegavam na minha ilhazinha, lá longe.

Falava que eu tinha que viver, que eu não ia morrer nem nada. Que eu era uma menina muito boazinha, muito alegre e que eu tinha que crescer para conhecer a vida. Que eu não fosse entregando a minha vidinha assim, à toa. Que eu vivesse. Que ela queria ver os meus quinze anos, meus dezoito anos. Que eu tinha que casar, ter filhos e que ela ia cuidar dos meus filhos...

Até que vovó entrava e perguntava como eu ia passando. E ela sempre dizia que eu estava melhor. Que, com a graça de Deus e da Virgem Maria, eu ia ficar boa logo, voltar para a escola, ficar correndo por aí...

6

Às vezes, mamãe sentava na beira da cama, mas chorava tanto e tanto que eu ficava com pena dela. Tinha vontade de dizer que tudo ia acabar bem, de uma forma ou de outra. Que já estava tudo combinado no céu. Que minha morte não ia doer nada. Que era que nem arrancar um dente de leite. Só doía na hora de puxar. Mas eu não conseguia falar com ela. Só dava um sorriso. Nem sei se o meu sorriso chegava perto dela.

7

Tinha alguma coisa com o meu pai muito estranha. Meu pai era tão bonito, tão grande, tão forte. E quando eu fiquei doente, ele ficou muito fraco, pequeno. Meu pai tinha medo de mim — era horrível! Ele entrava no meu quarto com as mãos para cima, para não pegar em nada. E sentava na ponta da cadeira. E ficava ali, me olhando com a cara mais triste que um pai já teve na vida.

Não, aquele não era o meu pai! O meu pai verdadeiro era lindo!

Quando eu estava boa, ficava esperando a chegada do outro pai lá de cima da varanda. Quando via o seu carro chegar, o Oldsmobile verde, descia correndo.

Ele chegava com a sua roupa de linho branco, com o bigode preto bem aparado, com seu sorriso bem branco. Bonito, como era bonito aquele meu outro pai!

Este, que estava sentado ali, eu não conhecia. Aquele outro meu pai, se ele quisesse, pegava a minha doença e tirava ela de mim num instante. Onde é que estava o meu pai verdadeiro? Eu gostava tanto daquele outro pai. Ele era o homem mais sabido, mais valente, mais bonito, mais tudo da vida!

Este meu pai de agora estava tão longe de mim e era tão pequenininho, tão tristinho, tão fraquinho! E os meus irmãos? Cadê aqueles meus irmãos bonitos, grandes, fortes? Onde será que eles estavam? Nunca mais vi a cara deles. Mas eu me lembrava deles. Eu tinha irmãos, não tinha?

8

O dia passava muito devagar. Eu não via a hora de Didi voltar e me botar no colo dela, sem medo de mim, cantando as nossas músicas de dormir.

Naquele dia ela chegou, sorrindo, e começou logo a cantar. Quanto mais ela cantava e me balançava, na cadeira de balanço, melhor eu me sentia. Tomei forças e saí um pouquinho lá de dentro de mim e falei:

— Didi, eu quero o meu caixão azul!

Ela parou de balançar a cadeira e me perguntou, espantada:

— Que caixão, menina?

E eu consegui dizer:

— De anjinho!

Não sei para que eu disse isso! Não sei o que deu nela! Ficou furiosa. Me colocou na cama e começou a falar, sem parar. Que ia botar um basta nisso! Que chegava dessas presepadas de médicos.

Que estes doutores, com anel no dedo, metidos a sebo, não sabiam de nada!

E falou alto, tão alto que minha avó e minha mãe apareceram no quarto para saber o que estava acontecendo. E ela disse o que estava acontecendo:

— O que está acontecendo é que eu não vou ficar de braços cruzados vendo a minha menina morrer, coisa nenhuma! Esta menina é tanto minha filha quanto da senhora! Quando a senhora chegou da maternidade, bela e formosa, eu já estava aqui esperando por ela. Eu sempre tomei conta desta menina desde que ela nasceu!

Cada vez ela falava mais alto, andando de lá para cá, sem parar. Eu escondida lá dentro de mim estava adorando aquela conversa toda. E a conversa não parava. Didi dizia que nenhum menino dela tinha morrido! E que eu não ia ser a primeira. Que eu não ia morrer. Que ela ia brigar com a morte de foice! Que a morte não se fizesse de besta com ela. Que tudo tinha sua hora. E que a morte fosse bater em outra freguesia. Que na menina dela morte nenhuma ia botar o dedinho!

Eu fingia que dormia. Mamãe e vovó pediam para ela falar baixo. Mas Didi estava furiosa e quando Didi ficava furiosa, gritava. E, gritando, disse que ia buscar a Mãe Joana para me rezar de olhado. E que ia ser hoje. Que não ia ser amanhã, de forma nenhuma. E que não tinha nascido no mundo uma pessoa que impedisse ela de fazer o que devia. Que ela virava um bicho.

E ela virou um bicho ali mesmo, respirando forte, bufando, parada.

9

Abri um olho, meio aberto. Vi vovó e Didi abraçadas, chorando. Depois apareceu mamãe, também fungando, com um dinheiro na mão, falando:

— Vá depressa, Didi, veja se arranja um carro de aluguel. Vá depressa antes que seja tarde!

Aí, vovó e Didi ficaram abraçadas mais um pouquinho e uma dizia para a outra:

— Ah! Minha nega... que judiação!

E a outra respondia:

— Ah! Minha velha. Ah! Minha velha. Que judiação...

Aí, eu voltei para o meu lugarzinho, a minha ilha fresquinha. E foi então que eu morri.

10

Meu caixão era lindo e eu fiquei uma mortinha para ninguém botar defeito. Toda enfeitada de margaridas, com um vestido azul, num caixão. Parecia uma santinha. Toda a família estava lá, chorando... uma beleza! E o meus amiguinhos vestidos de anjinhos de procissão, com asas de papel crepom, cantando ladainha! Na frente dos anjos estava Hans, vestido de azul, carregando uma coroa: *Saudade eterna*. Estava lindo, o meu enterro. Depois, o meu enterro saiu pelas ruas e eu fui passeando na procissão, com todo mundo cantando, cantando pelas ruas do meu bairro.

11

Até que Didi chegou de volta e lá do meu enterro fiquei espiando tudo o que acontecia.

Didi não estava sozinha. Vi ao lado dela uma senhora preta, enorme, gorda, gorda. O rosto dela era muito conhecido. Ela me olhou, olhou. O olho dela pegou o meu olho e prendeu no seu. O olho dela fez muitas perguntas ao meu olho e ele foi respondendo. Que eu ia embora mesmo, que já estava de partida, deitada dentro do meu caixão de anjo. Que eu estava cansada porque eu era muito perigosa. Que eu precisava ir embora porque todo mundo tinha medo de mim...

E o olho dela respondeu ao meu olho que não tinha chegado a minha hora, que esperasse uns anos, que eu tinha que crescer para fazer muitas coisas. Que aquela conversa de ir embora não era minha, que saísse daquele caixão, que eu voltasse para casa. Depois, ela falou para Didi:

— Carregue a menina, arranje um banco. Cadê a arruda?

Elas me tiraram do meu enterro e me sentaram num banco. Didi ficou segurando para eu não cair. E aquela senhora rodou que rodou em torno de mim. Batendo com umas folhas no meu corpo, rezando, rezando, rezando.

Aquelas folhas tinham um cheiro muito forte. Mas o cheiro mais forte ainda veio depois. Estavam queimando alguma coisa. Que cheiro era aquele? Saí do meu lugarzinho de ficar escondida para cheirar. Fui respirando aquele cheiro e era bom. E o meu lugarzinho de ficar dentro de mim — a minha ilha — foi crescendo, crescendo, crescendo. Será que eu estava dormindo? Meu corpo escorregou. Didi segurou. Senti o meu corpo molhado, molhado de suor. Ou seria de água? De onde vinha toda esta água que corria pelo meu corpo? Depois eu comecei a tremer. Didi também tremia. Abri os olhos. Mãe Joana tremia. E falava: "Jesus adiante, paz e guia, paz e guia, paz e guia, recomendo a Deus e à Virgem Maria!" Vi, na porta, vovó e mamãe encolhidas. E aí, de repente, Mãe Joana começou a cantar uma música alta numa língua que eu não entendia. E o quarto ficou iluminado, dourado.

— EPARREI! IANSAÃÃÃÃ!

— Deus tenha misericórdia... Deus tenha compaixão...

Didi e Mãe Joana falavam, cantavam, falavam. E Mãe Joana me abraçou de um lado, depois do outro.

Eu não vi mais nada. Nem o meu quarto, nem o meu enterro.

12

Mais tarde, muito mais tarde, ouvi Didi me dizer:

— Você vai ficar boa, Iansã veio lhe abençoar. Ela vai cortar tudo de ruim que fizeram com a minha bichinha. Vai abrir os seus caminhos. Levar essa doença feia embora.

Acordei muito mais tarde, quando Didi trocava mais uma vez a minha camisola, que estava molhada. Ela estava sorrindo, contente, dizendo que a minha febre estava baixando, que eu ia sarar logo.

O Dr. Rocha, quando veio me visitar de noitinha, ficou contente, disse que o soro estava começando a dar resultado.

13

Fui saindo dia a dia do meu lugarzinho e tomando conta do meu corpo. Estava tão magra que não conseguia me levantar sozinha, minha cabeça rodava. Mas já me levavam para tomar banho, sentadinha na banheira.

Quase não falava, a minha voz tinha fugido de mim. Faltava alguma coisa entre o meu pensamento e a minha voz.

Pouco a pouco, fui olhando o quarto onde eu estava, os presentes que mandavam. De todos os presentes, o que eu mais gostei era de uma bolinha de gude (azul) que veio sem bilhete nem nada, dentro de uma caixinha dourada.

14

Quando consegui falar, perguntei se a guerra já tinha acabado. Rindo, me disseram que eu já estava boa, porque estava me preocupando outra vez com a guerra. Mas que a guerra não tinha acabado nem nada! Eu respirei fundo! Não queria, de forma nenhuma, que a guerra acabasse sem a minha participação.

Fiquei mais uns dois meses isolada. A febre já tinha ido embora, mas eu era portadora de germes. Toda semana fazia um tal exame, mas o resultado era sempre positivo. Não podia ir para lugar nenhum, conversar com ninguém, que nem num campo de concentração.

Às vezes Didi me levava para tomar um pouco de ar no tal morro que tinha atrás lá de casa, eu e ela sozinhas.

Até que, um dia, eu tive alta — o exame foi negativo.

Pude conversar de novo com os meus irmãos, voltar para o quarto deles. Mas eu estava muito sem graça, me sentia muito estranha. Depois daquela doença, nada voltou a ser como era antes. Meus olhos olhavam tudo diferente. Eu me sentia muito velha, lá dentro. Mais velha do que meus irmãos, do que os meus pais. Não podia esquecer a imensidão daquela cama. Não podia esquecer a minha solidão, escondida no canto mais fundo do meu corpinho. Não podia esquecer a minha morte e o olho de Mãe Joana puxando o meu olho para a vida. Era uma coisa só minha, que ninguém, por mais que eu explicasse, entenderia. Pior, muito pior do que a Guerra Mundial.

PROMESSA

1

Quando eu fiquei boa da difteria, tive que ir pagar uma promessa que Didi, minha babá, fez ao Senhor do Bonfim. Toda a família se vestiu de branco, fizeram uma roupa nova inteirinha para mim, do sapato de pelica aos laços de fita nas tranças.

2

Vejo o meu pai, vestido de terno branco de linho. Mamãe com aquele vestido de fustão branco com gola de renda. Vovó com um vestido de seda branca. Didi com seu vestido de linho branco, de festa. Meus irmãos muito limpinhos com as roupas brancas, bem passadas. Todos apertados, apertadíssimos dentro do Oldsmobile verde de papai, movido a gasogênio. Eu não passeava há muito tempo, as casas da cidade passavam correndo e eu ia indo feliz, espremida no meio deles.

3

Aí apareceu a igreja do Bonfim, lá em cima da ladeira. Era sexta-feira e de toda parte aparecia gente subindo a ladeira para a bênção.

Saltamos do carro na loja de velas. Mamãe entrou com Didi e as duas voltaram com uma vela imensa — do meu tamanho. Atravessamos a rua e logo chegamos na igreja.

Na porta da igreja, Didi me entregou a vela, se ajoelhou e, ajoelhada, entrou pela igreja adentro segurando a minha mão. A igreja estava cheia, eu não sabia o que fazer e resolvi ajoelhar também. Tinha outras pessoas fazendo o mesmo. A igreja cheirava a angélica. E, de uma hora para outra, todos começaram a cantar o hino do Senhor do Bonfim:

Nesta sagrada colina,
Mansão da misericórdia,
Dai-nos a graça divina
Da justiça e da concórdia.

As luzes da igreja brilhavam como estrelas. Didi sorria para mim. Lá em frente, no altar todo florido, o Senhor do Bonfim abria os seus braços, me esperando. Meu joelho ardia, arrastando no chão, mas faltava pouco. A música era tão linda que eu fui me sentindo leve, leve. O céu devia ser assim, com os anjos cantando, com os santos sorrindo e com Deus segurando a mão da gente, que nem a minha babá.

4

Colocamos a vela na sacristia cheia de promessas, ex-votos. No teto estavam pendurados centenas de pés, mãos, cabeças e braços de cera. As paredes eram cobertas de quadros contando os milagres do Senhor do Bonfim. Meu coração bateu apressado quando Didi colocou a minha vela encostada na parede, no meio de todos aqueles milagres. Fiquei perdida no meio daquilo tudo até que a minha avó apareceu na sacristia procurando por nós.

5

Quando eu saí da igreja, a viração soprava balançando as árvores. O sol estava caindo. Os meninos compravam as fitas das medidas do Senhor do Bonfim.

Papai quis fazer uma foto no fotógrafo lambe-lambe para guardar como recordação daquele dia. Ficamos todos na escada da igreja, lado a lado. Papai falou sorrindo:

— Façam um ar inteligente!

E depois da foto, brincou:

— Podem voltar ao normal!

Todo mundo deu risada!

Tinha muita risada guardada dentro de mim, naquele dia. Eu sentia uma vontade danada de sair dançando e cantando que nem os anjos devem fazer no céu. Dormi no carro, de volta, entre Didi e vovó — duas nuvens fofas cheirando a água de alfazema e a capim-santo — e não vi mais nada do passeio. Mas ele ficou guardado inteirinho dentro de mim e eu coloquei a foto num lugar de honra, no álbum da família.

Sonia Robatto

PARABÉNS PARA VOCÊ

1

Aquele meu aniversário foi diferente dos outros. Mamãe estava comemorando a minha saúde porque, finalmente, eu estava boa da tal difteria e podia reunir todos os meus amiguinhos.

Pedi tudo que eu queria e os meus pais foram dando. Pedi todos os doces que eu gostava. Vovó fez quinze pratos de doces diferentes. Durante dias fizemos os enfeites para as bandejas. Frisamos papéis dourados e prateados, que mamãe guardava numas caixas.

2

Em toda festa de aniversário de criança, aqui na Bahia, as casas ficam divididas em três partes. Na sala de visita ficam as mães e as avós, sentadas nas cadeiras e nos sofás, todas muito bonitas, com vestido novo, colar, pulseira, argola, salto alto, cabelo feito, bolsa e tudo. Elas falam e falam a tarde inteira, tomam sorvete, bebem suco e comem os melhores doces da festa: bom-bocado, papo de anjo, pingos-d'ovos, pão de ló de araruta, sequilhos do convento do Desterro (doces finos, próprios para gente grande).

No corredor e no escritório ficam os maridos, que só chegam no fim da tarde, para buscar a família. Eles tiram a gravata, o paletó, tomam uísque, comem salgadinhos e dão muita risada.

Na varanda e no quintal ficam as crianças e as babás. As babás gostam muito de ficar na copa e na cozinha também. Os convidados só se juntam na hora de acender o bolo e cantar parabéns.

3

Mas o sucesso da minha festa foi mesmo a macaca Chiquita. Era uma macaquinha ensinada, vestida com uma sainha, com bolsa, chapéu e tudo. Ela animava as festas de crianças, com o seu dono.

A macaca Chiquita chegou antes da hora de cortar o bolo. Foi uma correria. Ela apertou a mão de cada convidado, muito educada. Depois, o dono começou a tocar um pandeiro e a macaca dançou um samba, com as mãos nas cadeiras. Uma gracinha. Depois, o dono recitou uma poesia e a macaca Chiquita botava a mão no peito e na cabeça, como se estivesse entendendo tudo.

No meio do show da macaca, eu olhei lá para a porta e vi o Hans entrando, com um presente na mão. Ele não sabia se entrava ou saía. Os outros meninos fingiam que ele era transparente. Vovó foi até lá e trouxe o Hans. Daí em diante, a macaca perdeu a importância para mim. A barulheira estava muito grande entre os guinchos da macaca, palmas, risadas e pandeiros.

Quando eu vi, o Hans estava ao meu lado, me dando o presente. Depois, ele sumiu.

4

Mais tarde, vi o Hans encostado numa parede da varanda. Os meninos começaram a cochichar e apontar para ele. Nessa hora, a macaca Chiquita estava lavando roupa numa bacia. Ela lavava a roupa, esfregava e estendia no chão, era mesmo uma gracinha!

Depois, eu vi dois meninos falarem alguma coisa perto do Hans, dando risada. Hans ficou vermelho. Eu queria falar com ele, mas o show da macaca continuava.

Agora, ela estava quebrando ovos e bebendo na casca.

Hans ficou bem encostado na parede, longe de todo mundo. Mas chegou a parte mais importante do show: a macaca Chiquita pôs uma saia de bailarina, o dono dela tirou uma espécie de gaita e começou a tocar enquanto ela se equilibrava com um guarda-chuva, num cabo de vassoura que foi amarrado entre duas cadeiras!

Não sei por que a música me deu uma vontade de chorar. Tive muita pena daquela bichinha, se equilibrando sozinha no meio da gente, longe da sua macacada.

5

Mas cadê o Hans? Ah! Ele estava ali, no outro canto da varanda. O olhar azul dele estava diferente, tão distante. Aí, ele me olhou, sorriu, abanou a mão num adeus e foi embora.

A macaca Chiquita agradecia como uma verdadeira equilibrista de circo. E os meninos gritavam felizes.

6

Mamãe acendeu as oito velas do meu bolo. Apaguei todas de uma só vez. E fiz um pedido... que a guerra acabasse logo e que a gente pudesse ficar amiga dos inimigos e que...

Mas o meu bolo de chocolate era recheado de chocolate e coberto de chocolate. Comi tanto que fiquei enjoada. A minha cama estava cheia de presentes. Todas as mães que estavam sentadas na sala de visitas com roupa de festa, tomando sorvete, diziam que eu era uma menina muito bonitinha. Que era a cara de não sei quem, sem tirar nem pôr.

7

Mas a brincadeira na varanda estava animada. A brincadeira durou a tarde toda. A última convidada a sair foi a Bettina, saiu com um pratinho de doces para a mãe dela. Eu estava tão cansada que dormi no sofá da sala. Papai me carregou para a cama. Mamãe tirou a minha roupa e pôs a camisola. Vovó e minha irmã guardaram os presentes. E eu dormi pensando em ser artista que nem a macaca Chiquita. Isto, quando acabasse a tal da guerra. E eu crescesse e tivesse peitinho, que nem minha irmã.

Sonia Robatto

OS TEMPOS DE ANTIGAMENTE

1

Antigamente, muito antigamente, a divisão do mundo e o lugar onde cada coisa ficava no mundo eram muito diferentes. O céu, por exemplo, estava dividido em muitas camadas, pelo menos foi assim que eu aprendi por aí. Na primeira camada, lá em cima de tudo, ficava o céu das almas, com Deus, Nossa Senhora e os seus santos. Depois, descendo, logo em seguida, vinha o céu onde ficavam os planetas, as estrelas, a Lua, o Sol e tudo o mais que gira por aí.

Mais abaixo, ficava o céu dos aviões. Aviões de passageiros, que levavam e traziam os amigos da gente. Um pouquinho mais abaixo, viviam os bichinhos de asas, os passarinhos, gaviões, urubus e, um pouquinho mais abaixo ainda, as borboletas e os insetos voadores.

E, agora, me diga, diga aí! Agora, os danados dos

aviões inimigos sobem e descem com as suas bombas matando e atrapalhando tudo.

2

O mar, antigamente, tinha tudo dele bem certinho também. Peixinhos para lá, peixões para cá. Dona Iemanjá no fundo do mar, no mar profundo. Os saveiros e os navios andando bem em cima do mar. Tudo como devia ser. Imagine agora, dona Iemanjá, coitadinha dela, lá no seu bem-bom, no fundo do mar, penteando os seus lindos cabelos verdes, topar de cara com o focinho de um submarino! É uma falta de respeito entrar assim na casa dos outros! Imagine o coitado do Bujão, no saveiro dele, topar de cara com um canhão de um cruzador inimigo. Eta nós!...

3

E a terra? A cidade da gente era da gente mesmo. Não tinha esse negócio de inimigo aparecer e tomar conta de tudo. Não tinha estes tais destes espiões espionando tudo para contar para o Hitler. Ah... Antigamente tudo era diferente.

Com esta guerra tudo mudou. Os saveiros vivem com medo de encontrar um negócio chamado mina, que é uma bomba que fica boiando no mar, a pessoa não vê, bate nela e explode tudo.

Antigamente, a gente brincava de mergulhar, sem medo. O Hans sabe mergulhar muito bem, mas agora eu só fico na beirinha da praia. O mundo está muito perigoso. Não sei no que vai dar tudo isso!

NOTÍCIAS DE GUERRA

As notícias de guerra entravam na casa da gente pelo rádio, pelos jornais e pelas revistas. Todo fim de tarde, quando papai chegava do trabalho, a família toda se reunia, em torno do rádio, para ouvir a rádio da BBC de Londres. Era o momento mais importante do dia, a casa virava uma verdadeira igreja. Ninguém podia abrir a boca, nem se mexer.

Eu não entendia bem as tais das notícias. O locutor da rádio embaralhava tudo. Falava de uma coisa, depois falava de outra coisa, correndo, e nunca, nunca mesmo dizia quem estava ganhando a guerra. Não era que nem transmissão de jogo de futebol que a gente sabia direitinho quantos gols cada time ia fazendo. Guerra é assim mesmo, uma verdadeira bagunça...

O tal do locutor estava dizendo que o Roosevelt estava lá na cidade de Natal conversando com o Getúlio Vargas. Depois ele falou que um avião da FAB estava brigando com um submarino inimigo (mas não disse quem ganhou a briga), que coisa mais sem graça! Depois ele falou que os soldados brasileiros foram batizados com fogo (fogo do quê, eu não sei). Depois os pracinhas brasileiros foram lançados de paraquedas sobre a Holanda (aquele país que tem as vaquinhas que aparecem nas tábuas de chocolate). Daí a pouco, ele falou uma coisa esquisitíssima, imagine que vai chegar no Rio de Janeiro um navio cheio de crianças órfãs de guerra!

Eu não entendi direito, mas parece que tem alemão matando alemão. Acho que estes meninos eram filhos de judeus alemães e os desgraçados dos nazistas são inimigos dos judeus. Aí, a polícia nazista, a tal da Gestapo, arrasou toda a família dos órfãos, sem dó nem compaixão. Que coisa horrível! Mas imagine este navio cheio de bebezinhos, de criancinhas! Quantas mamadeiras vão ter que fazer, quantas fraldas vão ter que lavar? Não sei quem vai tomar conta deles. Eu acho que em guerra não tem babá. Só se forem as enfermeiras de guerra e soldados. Sei não. Mas eles vão saltar no Rio de Janeiro, na Ilha das Flores, vão ser examinados pelos médicos e pelo juiz de menores. E depois, coitadinhos, vão ser distribuídos pelas famílias brasileiras. Ai, Deus me livre de ser órfã de guerra, de ser colocada num navio e ser levada para outro país, lá longe...

O locutor falou tanto e tanto dos órfãos e das ruindades que fizeram com os pais deles que todo mundo começou a ficar triste. O rosto de vovó estava cheio de lágrimas, mamãe abraçava vovó, chorando também. Papai deu três murros na mesa, xingando os nazistas de miseráveis, assassinos...

Meus irmãos fizeram uma cara de quem estava entendendo tudo, mas eu acho que eles não entendiam nada. No fim de tudo, quando desligavam o rádio, a gente podia falar novamente, se mexer e tudo. Eu perguntava baixinho para Didi:

— Quem é que está ganhando a guerra, hoje?

E ela sempre respondia da mesma maneira:

— É claro que é o Brasil, menina, onde já se viu pergunta mais boba...

ÓRFÃ DE GUERRA

1

Ah! Meu Deus do céu, tinha um perigo novo que eu descobri na guerra e que eu não sabia ainda. Imagine que o pai da gente, o irmão da gente, os tios, os primos, os amigos, os conhecidos, os vizinhos, todos, todos podiam ser convocados lá pelos chefes da guerra, tinham que ir combater, lá longe, na neve! Ai, que horror! Imagine se meu pai fosse embora vestido de farda e tudo, com boné, espada e metralhadora, para lutar lá longe! Depois, podia ir o coitado do meu irmão e, quem sabe, os dois morriam por lá, viravam heróis e não voltavam nunca mais. Ai, meu Deus!

2

Eu estava tão preocupada com tudo isso que não conseguia falar com ninguém a respeito. Imagine se nunca mais meu pai abrisse a porta da nossa casa, no fim do dia, de volta do trabalho, com aquela voz dele perguntando como foi o dia da gente! Se nunca mais eu tivesse pai e ficasse órfã para toda vida — órfã de guerra! E sem falar no meu irmão que estava crescendo, já tinha catorze anos, daí a pouco tinha a tal da idade de ir para a guerra e tudo. E se minha mãe resolvesse ser enfermeira de guerra e me deixasse sem mãe? E a minha irmã também podia ir embora para ser enfermeira. Porque ela já estava ficando mocinha, já se penteava e botava batom escondido, quando os marinheiros aliados chegavam na Bahia.

A guerra estava ficando muito triste — muito perigosa. Eu tinha que dar um jeito nela. Não podia deixar as coisas assim...

3

E ainda, além de tudo, dona Dora disse para vovó que estava com vontade mesmo de ir embora de Salvador. Que o marido dela, o seu Rodolfo, tinha sido despedido da firma porque não queria se naturalizar, virar brasileiro. Foi indenizado, recebeu um dinheiro. E que eles estavam pensando em comprar uma fazendinha no interior e deixar a cidade, porque não aguentavam mais aquela vida de estrangeiros, detestados por todo o mundo e tudo o mais. E que seu Henrique andava muito nervoso, não conseguia mais dormir de noite.

Será que eu nunca mais ia ver o Hans? Ou, quem sabe, eles estavam dizendo que iam embora para o interior, mas estavam de partida para a terra deles lá na Alemanha, no meio da neve. E o coitado do Hans ia virar soldado inimigo e tudo. E, um dia, ele ia para o campo de batalha. Hans do lado de lá, meu irmão do lado de cá e, na hora do vamos ver, o que podia acontecer?

4

Fui conversar com minha avó a respeito. Ela ficou olhando para mim, muito triste. Balançou muito a sua cadeira de balanço de lá para cá, depois passou a mão na minha cabeça várias vezes e me pediu para eu parar de pensar. Que assim não dava para viver. Que pensamento bom atrai pensamento bom. Que pensamento ruim atrai pensamento ruim. E que palavra triste atrai coisa triste. E que eu pensasse antes de falar, que não fosse falando assim à toa. Que tudo ia acabar bem com a graça de Deus e da Virgem Maria.

Eu fechei a minha boca. E quis fazer o que vovó pedia.

Primeiro, não pensar. Mas como é que a gente para um pensamento? Depois, como é que a gente pensa antes de falar? Quando eu abro a boca, as palavras vão saindo depressa, sem passar por pensamento nenhum!

Eu entendia que ela tinha razão, mas eu não sabia o que fazer. E, como dizia minha mãe, eu não tinha jeito mesmo. Quando eu crescesse, talvez a minha cabeça tomasse jeito, mas, por enquanto, eu era uma menina sem jeito...

Pé de guerra

SENHORA DONA SANCHA

Senhora dona Sancha
Coberta de ouro e prata
Descubra o seu rosto
Queremos ver sua cara

1

Minha mãe, para mim, era coberta de ouro e prata que nem dona Sancha. Ela brilhava no escuro, iluminando tudo, espantando os meus medos, com aquele jeito que só a mãe da gente tem. Mãe conhece filho mais do que ninguém, porque, como o filho morou nove meses dentro da sua barriga, ela sabe tudinho dele. Mas o filho, por sua vez, sabe também tudo da sua mãe, pelo mesmo motivo — por ter morado dentro da barriga nove meses. Eu acho que quando a gente está dentro da barriga da mãe ouve tudo o que ela fala porque a barriga está ligada com a garganta, não está? E quando uma pessoa fala, a outra que está dentro da barriga dela vai ouvindo tudo, é claro. Eu acho também que o bebezinho ouve os pensamentos da mãe porque ele está pendurado pelo tal do cordão no umbigo dela e fica tudo como se fosse uma pessoa só.

Eu tenho muitas dúvidas sobre tudo isso, mas não dá para ficar perguntando por aí, porque gente grande não tem paciência e não responde nada direito, o jeito é eu esperar crescer para saber tudo por minha conta e risco.

Mas, como eu ia dizendo, eu sabia tudo da minha mãe. Ela não falava muito, era mãe calada, não era mãe de fala solta que nem certas mães que eu conheço. Mas ela não precisava dizer nem uma palavra, nada disso. Bastava me olhar, o olhar dela mudava de cor de acordo com o que ela queria dizer, tinha cor de muito bem... de deixe disso... de gosto de você... de menina feia, não faça isso... de venha cá dar um abraço...

2

Às vezes, minha mãe me levava para fazer compras com ela na rua Chile, era maravilhoso! Para fazer compras a gente tem que ir muito bem vestida, da cabeça aos pés, de banho tomado, laço de fita, talco, água-de-colônia, anel e pulseira, sapato com meia. De todas as lojas a que eu mais gostava era a de Madame Madeleine, a loja mais famosa da Bahia. Ela era uma modista francesa, estava sempre de salto muito alto, tinha os cabelos brancos, olhos azuis e óculos de ouro. A loja era cheia de espelhos, cortinas e tapetes. Mamãe ficava de combinação de seda bordada e Madame Madeleine trazia todos aqueles vestidos lindos, de seda brilhante, cheios de pregas, bordados, contas. Eram vestidos de festa, vestidos para aquelas noites maravilhosas em que papai e mamãe se enfeitavam todos e saíam lindos para os bailes, para as festas.

Mamãe parecia uma verdadeira princesa de história. Depois dos vestidos, Madame Madeleine trazia caixas e caixas de chapéus com laços, penas, véus. Eu via aquela minha mãe tão bonita virar mil pessoas diferentes, se olhando naqueles espelhos todos, andando para lá e para cá, dando voltinhas enquanto Madame Madeleine falava na língua dela:

— *Jolie, jolie*, madame está "tam bonita!"

3

Depois, a gente voltava para casa cheia de pacotes e caixas. Tomávamos o bonde, ali na praça da Sé, e começava a nossa viagem de volta. O bonde parecia um navio, navegava sozinho nos seus trilhos. O comandante era o tal do motorneiro, que ficava lá em pé na frente, separado de todo o mundo, com o seu boné. O cobrador vivia pendurado no estribo cobrando todo mundo e espantando os baleiros que pongavam no bonde. E lá ia eu, com a minha mãe, senhora tão bonita, com seu chapéu de laço, desfilando pela cidade. Eu sentia que ela era mesmo dona Sancha, coberta com suas pulseiras, argolas, anéis de ouro e prata. Senhora fina, sentadinha no banco, bem espigada, segurando a bolsa e os pacotes, cumprimentando os amigos e as amigas que entravam:

— Boa tarde, dona fulana, como vai passando o seu marido? O menino está melhor da tosse? Coitadinho! A senhora viu a chuva de ontem? O tempo melhorou! Eu vou indo na luta com os meninos, meu marido, as empregadas, esta guerra que não acaba, o racionamento, isso e aquilo. Mas, com a graça de Deus, tudo vai acabar bem. Até loguinho, dê lembranças a todos, apareça para tomar um sorvetinho... Depois, quando a minha mãe chegava em casa, virava mãe de verdade, fazendo suas obrigações de dona de casa, reclamando com as empregadas, preparando a sobremesa do jantar, telefonando para todas as tias da gente, contando as novidades da cidade.

Eu subia para o meu quarto e lá ficava pensando em tanta coisa... Pensava muito em como é que eu seria quando crescesse e ficasse que nem a minha mãe, mulher casada, com marido, filhos, casa própria, coberta de ouro e prata.

QUEM ME DERA...

Ai, quem me dera ficar assim sentada na sala, mulher feita, tomando sorvete e comendo sequilho, sem medo dos inimigos, que nem minha mãe e as amigas dela!

Quem me dera usar sutiã, botar batom e perfume francês e sair para passear de braço dado com os aliados! Quem me dera dar um beijo que nem as artistas dos filmes da Metro!

Quem me dera...

OS DONOS DO MUNDO

1

A casa da gente gira como o mundo, tudo gira junto. O Japão está lá embaixo, a gente fica cá em cima. Mas tudo gira junto. Não sei por que o mundo está dividido em pedacinhos. Cada pedacinho é uma coisa chamada continente. Depois, tem os tais dos países, os estados e as cidades. Tudo vai ficando divididinho, pequenininho, até que chega na casa da gente. Mas dentro da casa da gente as coisas são divididas também. Tem os quartos das pessoas, os armários e as gavetas das pessoas. Ninguém pode mexer nas coisas dos outros senão sai briga — vira uma verdadeira guerra.

2

Mas, um dia, mamãe foi fazer compras na rua Chile e eu fui até a penteadeira dela. Puxei o banquinho e sentei. O espelho era muito grande, dava muitas meninas dentro. Abri a gaveta e tirei aquela escova de cabelos linda, de cabo dourado — macia, macia. Desmanchei as minhas tranças e apareceu uma menina nova no espelho. A menina sorriu para mim, escovando os cabelos. O cabelo crescia, aumentava, parecia até cabelo de mocinha. A mocinha pegou o batom e pintou a boca, a boca cresceu, virou uma bocona grandona de moça, que sorria satisfeita da vida. Agora, era uma moça que estava no espelho, e moça já pode usar ruge. Duas rodelas vermelhas, brilhando no rosto, que nem artista de cinema. Depois, a moça pegou o perfume, aquele perfume francês que só mulher feita, casada e tudo pode usar. Duas gotas atrás das orelhas. Duas gotas nos pulsos. Ah... Agora, era só abrir o armário e escolher o vestido daquela cara. A moça escolheu um vestido comprido de seda brilhante, sapato de salto alto. Que moça bonita estava me sorrindo no espelho!

3

Mas o mundo está mesmo dividido em pedacinhos e todos os pedacinhos têm dono. E, assim, apareceu atrás de mim, no espelho, a dona do batom, do ruge, do perfume francês, do vestido e do sapato. Só sobrou a cara da moça, que aparecia no espelho, sem graça, enquanto a mãe da cara falava que ninguém deve mexer nas coisas dos outros. E que isso, e que aquilo, e que aquilo outro (aquela mesma história de sempre)!

Saí correndo dali com vontade que os inimigos jogassem uma bomba tão grande, mas tão grande que tudo explodisse em pedacinhos tão pequenininhos que ninguém pudesse ser mais dono de nada no mundo!

MÃOS DADAS

1

Todo mundo segura a mão das crianças, mas ninguém pergunta se a gente gosta ou não! Seguram a mão da gente para atravessar a rua. Para a gente não se perder. Para subir em ônibus. Para tomar elevador. Sei lá! E tem cada mão esquisita que só eu sei!

2

A mão de meu pai era uma mão boa, grande e forte, mas, às vezes, a mão dele ficava fria, suando, e então eu ficava com medo da mão dele.

A mão da minha mãe era tão cheirosinha, com as unhas pintadas de vermelho — mão tão macia! Eu é que segurava a mão dela, porque era uma mão tão fraquinha que parecia que ia voar.

A mão de minha avó era seca, mas segurava forte, forte. Quando ela segurava a minha mão, eu sentia meu coração bater devagarinho.

A mão de Didi parecia feita de terra. Era uma mão de segurar, de levar de cá para lá.

A mão da Madre Superiora, lá na escola, era mão para ser beijada sem vontade, uma mão tão mortinha!

3

Eu gostava muito de olhar as mãos das pessoas. Às vezes, as bocas estavam dizendo umas coisas e as mãos diziam outras. As mãos de papai ficavam tamborilando na mesa enquanto ele estava discutindo com mamãe. Mamãe fechava as mãos com tanta força que as unhas enfiavam nas palmas.

Mas o rosto dos dois continuava sorrindo (imagina!).

4

Mas, um dia, eu descobri as mãos do Hans. Nós estávamos jogando gude. Eu peguei uma bola dele e escondi na minha mão. Ele quis tomar — eu não deixei. Ficamos assim, brincando de brigar. Até que a bola de gude escapuliu e a minha mão ficou sozinha na mão dele, mas nós continuamos fingindo que havia uma bola de gude. Uma mão cobria a outra. Os dedos se prendiam e se soltavam. Depois, os dedos ficaram quietos — imóveis.

E, à medida que a brincadeira continuava, eu fui me sentindo cada vez mais feliz. Nós dois ríamos baixinho. Não nos olhávamos. Eu acho até que fechei os olhos. Aí, a mão dele escapuliu e ficou no meu rosto, brincando aqui e ali. E a minha mão resolveu brincar com o cabelo dele — que era macio como penugem de passarinho.

Estava tão bom, tão bom, mas tão bom, que eu não aguentei mais. Esmurrei o Hans, agarrei a bola de gude e saí gritando que ele era um menino bobo!

Mas, quando ele foi embora, fugido da guerra, quando arrancaram o Hans daquela casa, quando aconteceu aquela batalha, as minhas mãos ficaram vazias, querendo as mãos dele. Que coisa mais esquisita, eu tenho até vergonha de contar...

E A GUERRA ACABOU

1

Eu vi, eu vi quando o caminhão de mudança chegou na casa do Hans. Ele buzinou e toda a família veio para o portão. Depois, foram tirando os móveis. As coisas iam passando uma a uma na mão dos carregadores. A mesa grande da sala de jantar, onde faziam os aniversários do Hans. Aquele sofá estampado de florzinha da sala de visitas, onde a gente tomava chá.

As lembranças passavam grudadas nos móveis enquanto a casa se desmanchava, que nem um castelo daqueles que eu fazia na areia.

2

Meu coração foi batendo cada vez mais forte. Escondi a cabeça entre as pernas, no chão da varanda, para não ver tudo aquilo. E, de uma hora para outra, eu estava numa trincheira num campo de batalha. Os aviões metralhavam as casas e as pessoas tinham que fugir com as coisas. Os submarinos do tal do Hitler e do Mussolini despejavam os seus soldados, que iam tirando pouco a pouco as coisas da casa do Hans. Estávamos cercados de inimigos e não tínhamos nem um aliado por perto. O sofá colorido estava todo furado de balas. A mesa tinha perdido uma das suas pernas. Os pássaros, nas gaiolas de seu Henrique, estavam com o peito vermelho de balas. O caminhão virou um tanque de guerra. A família toda lutava, desesperadamente, para não deixar sair da casa aquela cama branca do Hans. As cortinas foram arrancadas com baionetas.

3

Chamei por São Jorge com o seu dragão, chamei por Santo Antônio, chamei por vovó, por Didi, mas ninguém me escutou. Daí a pouco, chegou outro caminhão-tanque e um carro de guerra também. Os meus olhos choravam sozinhos e tudo boiava na água. No meio da batalha, eu vi seu Henrique, tão velhinho, chorando também. Um soldado quebrou o vidro de bolas de gude do Hans e elas se espalharam pela calçada. O fogão de dona Dora, aquele fogão que fazia a melhor torta de queijo da Bahia, foi arrebentado com machadadas. No meio da batalha, eu vi que o Hans já usava calças compridas, era um menino grande — quase homem.

4

Aí, uma granada explodiu ao meu lado e eu me levantei e, sem querer, vi o Hans olhando para a minha varanda, em pé no meio do tiroteio. Abaixei depressa, me escondi e fiquei olhando o combate entre as grades. Ele, com toda a coragem, atravessou a rua no meio do tiroteio e foi se aproximando da minha casa. Os aviões davam voos rasteiros, mas ele continuava andando. Então, São Jorge apareceu no céu e o seu dragão engoliu com as suas sete bocas, um a um, todos os aviões. Os aviões atacavam o dragão de todos os lados, mas não conseguiam fazer nada com ele. Olhei para o Hans: ele continuava andando, como andam os heróis no meio das batalhas. O vento despenteava o cabelo dele.

Do outro lado do céu apareceu Santo Antônio, voando no meio de anjos com suas asas de papel crepom. Era muito bonito de ver.

5

Depois, eu ouvi o Hans chamar:

— Camila, ô Camila!

Mas eu não respondi, porque ninguém nas trincheiras pode falar. Daí, o Hans sumiu e, de uma hora para outra, apareceu ao meu lado, na trincheira. Acho que ele trazia uma granada na mão, escondida atrás das costas. Ele se abaixou ao meu lado e as bombas pararam de explodir. Ficou tudo em silêncio. A granada virou aquela caixinha de música com bailarina. Dei corda na caixinha, sem levantar a cabeça. A bailarina começou a bailar ao som do *Danúbio Azul*... Então, o Hans levantou o meu rosto, muito devagar. Eu vi que o rosto dele estava molhado também. De uma hora para outra apareceu outro avião no céu metralhando tudo e ele me abraçou. Com as cabeças deitadas nos ombros choramos. E o tempo parou de novo a guerra. Depois, eu quis olhar o azul dos olhos dele. Olhei. Olhamos. Sorrimos. E devagar, muito devagar, ele me beijou na boca como um passarinho beija uma flor, como o beija-flor beijava as margaridas do meu jardim. Quando eu abri os olhos, o beija-flor tinha sumido.

Fiquei imóvel, segurando a caixinha no meu coração. Até que ouvi os caminhões de mudança indo embora. E eu vi que alguém fechava as janelas e as portas da casa vazia.

E foi assim que a minha guerra acabou, e eu fiquei em paz, sozinha, sem inimigo e sem aliado.

Sonia Robatto

SOBRE A AUTORA

Sonia Robatto nasceu em Salvador, em 1937. Foi aluna da primeira turma da Escola de Teatro da UFBA e trabalhou como atriz em diversas peças. Foi membro e fundadora da Sociedade Teatro dos Novos, em 1959, e participou da criação do Teatro Vila Velha, atuando na peça *Eles não usam black-tie*, de Gianfrancesco Guarnieri, que inaugurou a casa em 1964. Após se casar, em 1965, mudou-se para o Rio de Janeiro e, dois anos depois, para São Paulo, onde começou a escrever suas primeiras histórias para crianças. Em 1969 foi contratada pela Editora Abril para conceber e ser a primeira editora da revista *Recreio*, publicação de caráter educativo voltada ao público infantil que teve enorme sucesso na época. Na revista, foi a responsável pelo lançamento de autoras como Ana Maria Machado e Ruth Rocha. Publicou seu primeiro livro, *O bicho folhagem*, pela coleção Livros de Recreio, da Abril, em 1976, e desde então desenvolveu uma importante carreira como escritora, tendo publicado em revistas, fascículos e livros mais de quatrocentas histórias infantis. Em 2000 voltou a morar em Salvador, onde atuou na peça *Pé de guerra*, baseada em seu livro de mesmo nome (Editora 34, 1996), espetáculo que recebeu o Prêmio Copene de melhor montagem.

SOBRE O ILUSTRADOR

Michele Iacocca nasceu na cidade de San Marco dei Cavoti, na Itália, em 1942. Mudou-se para o Brasil nos anos 1960, onde estudou artes plásticas e passou a publicar seus desenhos em jornais e revistas, trabalhando também em agências publicitárias e editoras. Seu primeiro livro, *Eva*, de quadrinhos, foi publicado pela Massao Ohno em 1973. Na década de 1970 começou a ilustrar livros para crianças, muitos deles em parceria com Liliana Iacocca, sua esposa, tendo hoje mais de duzentas obras publicadas. Seu livro *Rabisco, um cachorro perfeito* (Ática, 2008) recebeu o Prêmio Luís Jardim de Melhor Livro de Imagem, da Fundação Nacional do Livro Infantil e Juvenil (FNLIJ), e foi selecionado para a Lista de Honra do International Board on Books for Young People (IBBY).

Este livro foi composto em Lucida Sans pela Bracher & Malta, com CTP e impressão da Bartira Gráfica e Editora em papel Alta Alvura 75 g/m^2 da Cia. Suzano de Papel e Celulose para a Editora 34, em março de 2015.